MATANDO A CASTRO

by

Lawrence Block

TELEMACHUS PRESS

Este libro es una obra de ficción. Los nombres, personajes, lugares y acontecimientos son producto de la imaginación del autor o están usados de manera ficticia. Cualquier parecido con personas, acontecimientos o escenarios reales es pura coincidencia.

MATANDO A CASTRO

Ilustracion de Tapa: copyright © 2009 Sharif Tarabay
Traducido por Eduardo Hojman

Publicado por Telemachus Press, LLC
Visite nuestra página web http://www.telemachuspress.com

ISBN: 978-1-938701-20-7 (eBook)
ISBN: 978-1-938701-24-5 (EPUB)
ISBN: 978-1-938701-21-4

MATANDO
A
CASTRO

UNO

EL TAXI, CON un faro delantero apagado y un guardabarros torcido, atravesó el centro de Tampa en dirección de Ybor City. Turner estaba en el asiento trasero con los ojos entreabiertos. Era un hombre alto y delgado como una baqueta, que nunca se tensaba pero que tampoco se relajaba del todo. Tenía el pelo color arena mojada, los ojos gris acero. Tenía labios finos y sonreía raramente. Ahora no sonreía.

Entre el segundo y el tercer dedo de la mano derecha ardía la colilla de un cigarrillo. Los dedos tenían un color marrón amarillento, por el humo cargado de alquitrán de miles y miles de cigarrillos que habían pasado entre ellos. Miró el cigarrillo y se lo llevó a los labios para una última calada. El humo era fuerte. Bajó la ventanilla y tiró la colilla a la calle.

Era de noche. En Ybor City, el barrio latino de Tampa, las luces de la calle estaban encendidas. Las tabernas emitían seductores guiños de neón verde y rojo. Portorriqueños y negros recorrían las calles, congregándose en salas de pool y pequeños bares. Aquí y allá algunas busconas movían el culo antes de la hora punta, tratando de encontrar a algún cliente adelantado antes de que la competencia se pusiera más difícil. Turner contempló todo esto a través de la ventanilla del taxi, con sus labios finos sin sonreír, pero tampoco frunciendo el ceño. En su cabeza había cosas más importantes que los tipos de la esquina o las putas tempraneras.

Tenía treinta y cuatro años. Y lo buscaban por homicidio.

Treinta y cuatro años, un hombre que había hecho todo y nada, un hombre que había estado prácticamente en todas partes pero que jamás había echado raíces en ningún sitio. Había hecho trabajos de hombre. Camionero de larga distancia, un oficio en el que había que transportar un pesado cargamento toda la noche y echarse café a la garganta para mantener los ojos abiertos. Construcción: pesadas vigas y travesaños, un martillo neumático que batía el cemento y te hacía temblar todo el cuerpo. Trayectos en la marina mercante, inscribiéndose en un puerto como mozo de cubierta, arrastrarse hasta otro puerto, y luego hacer el recorrido de regreso si no estaba demasiado borracho para encontrar el barco.

Tenía treinta y cuatro años; ningún hogar, ningún vínculo. Había nacido en Savannah pero su padre quería buscar un trabajo mejor y se mudaron a Filadelfia. Luego su padre quiso buscar una mujer mejor y él su madre se quedaron solos. Siguieron mudándose, sin quedarse jamás en ningún lugar durante mucho tiempo, sin encariñarse nunca con alguna persona o algún sitio. Una pauta que él ya conocía bien. Cuando su madre encontró a un hombre con quien casarse a él no le fue difícil seguir camino por su cuenta, encontrar otra ciudad, buscar empleo.

Camiones, barcos, demoliciones, construcciones. Mucha bebida, muchas mujeres, ganar bastante dinero y gastarlo con la misma velocidad con que había llegado. Las cuentas de ahorro eran para los hombres casados.

El homicidio había tenido lugar en Charleston. Dos meses atrás, por una chica, y él estaba borracho cuando ocurrió. Cerró los ojos y revivió la escena…

De regreso en su ciudad, de regreso en su ciudad después de dos semanas en un carguero proveniente de Galveston, de regreso en su ciudad y ni bien se bajó del barco entró en un bar para tomarse algunas copas. El áspero licor cayó rápido y con fuerza en el estómago vacío. Luego hacia el teléfono, a marcar el número de la chica. No atendió nadie. Así que unas copas más, un puñado de tragos seguidos de un puñado de cervezas para hacer bajar el alcohol por la escotilla. Y entonces de vuelta a casa, de vuelta al apartamento de la zona norte, pegado a las vías del tren, a esperar a la chica. La llave que gira en la cerradura, la puerta que se abre sin ruido.

Y entonces la escena. La chica, su chica, la que se suponía que debía esperarlo, acostaba boca arriba con los muslos separados y las caderas bombeando como pistones cebados. Y el hombre, gordo y moreno, entre esos muslos.

Luego la locura. Los había matado a los dos, los había dejado ahí desnudos y muertos y llenos de sangre. Usó la navaja que siempre llevaba consigo, esa pequeña, hermosa navaja con la hoja de acero Solingen. No era de resorte pero si uno sabía lo que hacía la podía abrir rápido, con una sola mano. Él siempre la tenía afilada, bien aceitada. Y la había abierto limpiamente, como un experto.

Y les había cortado la garganta…

Sacó el paquete de cigarrillos del bolsillo de su camisa de franela, se metió uno entre los labios y raspó un fósforo para encenderlo. Dio una calada y sacudió el fósforo para apagarlo. Un delgado chorro de humo salió de sus delgados labios.

— ¿Falta mucho?

El taxista era cubano. Respondió que no, que no faltaba mucho. Turner asintió para sí mismo y se acomodó en el asiento...

Doble homicidio. Ni siquiera había intentado disimular; había cerrado la navaja ensangrentada, se la había metido en el bolsillo y se había ido a embriagarse. Se emborrachó mucho. Se pasó dos días bebiendo, y se despertó en la orilla de un pantano en el sur de Charleston. Le faltaban los zapatos y la cartera y el reloj. La navaja, sorprendentemente, seguía en su bolsillo.

Huyó hacia el sur. Atravesó Georgia y Florida, mientras se preguntaba cuánto tardarían en alcanzarlo. Tenían una foto vieja de él, que publicaron en los periódicos; tenían sus huellas digitales, era sólo cuestión de tiempo. Tarde o temprano lo atraparían. Y entonces lo llevarían de vuelta, lo meterían en la cárcel, lo juzgarían, lo colgarían. La justicia era veloz en Carolina del Sur.

De modo que tenía que salir del país. Si se quedaba en Estados Unidos estaba perdido; con treinta y cuatro años. Era demasiado joven para morir; tenía que llegar a Sudamérica. Era posible, si uno tenía dinero. Podía comprar una nueva nacionalidad, dedicarse a algo, hacerse un nicho. Pero hacía falta dinero.

Sonrió. Una sonrisa breve, un movimiento de los labios hacia arriba casi imperceptible. Desapareció en un instante.

Iban a darle dinero. Iban a darle veinte mil hermosos dólares; veinte mil condenados hermosos dólares. Suficientes para salir de Estados Unidos, para llegar a Brasil, comprar la ciudadanía brasileña, instalarse limpia y permanentemente. Veinte mil hermosos y condenados dólares, e iban a dárselos.

El taxi se detuvo y el chofer cubano se volvió hacia Turner. Tenía una sonrisa agradable.

—Ya llegamos, señor.

Turner asintió. El taxímetro marcaba un dólar y medio. Le dio dos dólares al taxista y le dijo que se guardara el vuelto. El chofer volvió a sonreír, exhibiendo unos deteriorados dientes amarillos. Le preguntó a Turner si quería alguna chica, alguna chica bonita. Turner bajó a la acera y le dijo al taxista que se largara. Esperó hasta que el taxi se alejó; luego entró en el restaurante.

No era un gran sitio. Tenía un cartel en el frente suministrado por Coca-Cola. El piso era de linóleo lleno de grietas y había una vieja portorriqueña tras el mostrador. Las ventanas se veían como si no las hubieran lavado nunca. El reloj indicaba las nueve menos veinte. Turner había llegado temprano. Se sentó en un taburete en el extremo más alejado de la barra y se ubicó como para poder vigilar la entrada por el rabillo del ojo. Pidió café negro y un plato de panecillos. La camarera le trajo una cesta de panecillos de semillas de sésamo y una taza de café. Estaba caliente, amargo y fuerte. Comió un par de panecillos y bebió un poco de café.

Veinte mil dólares, e iban a dárselos.

Encendió otro cigarrillo. No era tan simple, pensó. Primero tenía que cometer un homicidio. Un homicidio para compensar los otros homicidios, un asesinato premeditado para sacarlo del brete en que lo había metido un asesinato doble no premeditado. Pero había una diferencia, porque aquel doble homicidio había tenido que ver con personas que no importaban. Una puta barata de puerto y un trabajador portuario gordo y moreno. Nadie importante.

Este homicidio premeditado, este asesinato de veinte de los grandes, era distinto. Él no iba a acabar con un tipo cualquiera.

Iba a asesinar a Fidel Castro.

HIRALDO ENTRÓ EN el restaurante a las nueve menos cuatro minutos. Turner lo vio por el rabillo del ojo pero no se giró. Levantó otro panecillo y le dio un mordisco, luego lo bajó con más café. Ya iba por la segunda taza.

Esperó que Hiraldo llegara al fondo del restaurante y se sentara en el taburete contiguo. Era un hombre bajo, de vientre prominente, casi calvo. Sonreía con facilidad, dejando ver una buena cantidad de empastes de oro. Parecía blando y tonto. Turner sabía que no era así.

— ¿Lleva mucho tiempo esperando?

—No mucho –respondió Turner.

—Los demás ya han llegado. Están en el apartamento de un amigo, un simpatizante. Vamos a verlos.

—Usted manda.

—Termine el café –dijo Hiraldo—. No hay prisa.

Turner comió otro panecillo y terminó el café. Dejó dinero en el mostrador. Se levantó y dejó que el cubano gordo y petiso saliera antes que él del restaurante. El automóvil de Hiraldo, un Chevrolet de tres años de antigüedad, estaba aparcado a la vuelta de la esquina. Fueron hasta allí. Hiraldo condujo. Giró varias veces, y Turner llegó a la conclusión de que lo hacía para que él no supiera dónde estaban. No dio resultado. Turner sabía exactamente dónde estaban. Se quedó sentado con la mano en el bolsillo, los dedos cerrados en torno a la navaja con la hoja de acero Solingen.

Hiraldo dijo:

—Esto es muy importante, señor Turner. Este demente de Castro huele mal para las narices de todos los cubanos. Usted nos hará un servicio.

Turner no respondió.

—Librará a Cuba de una amenaza, de un déspota maníaco. Dará un golpe a la conspiración mundial comunista. Usted...

—Olvídelo –dijo Turner.

El cubano lo miró, sonrió y le mostró los dientes de oro.

—No entiendo –dijo.

—La cháchara patriótica. Olvídelo.

—¿Usted no es patriota?

—No soy patriota. No soy un héroe. Una vez lo intenté. Lo llamaban Corea y era barro y chinos gritando y gente muriendo. Hombres muriendo. ¿Alguna vez ha visto morir a un hombre, Hiraldo?

—Sí.

—Sí. Al demonio con todo eso. No quiero ser ningún héroe. Si tiene que agitar alguna bandera, hágalo delante de otra persona. Antes estaba Machado, después Batista, y ahora Castro. Cada vez que uno se da vuelta ustedes tienen otro gato gordo sentado ahí arriba. Todos apestan.

—Nuestro país tiene problemas.

—Sí. Problemas. Yo tengo mis propios problemas. ¿Usted entiende mis problemas, Hiraldo?

—¿Dinero?

—Dinero –dijo Turner—. Veinte mil dólares. Por veinte de los grandes yo trabajo para usted, usted es mi jefe, eso es todo. No me importa si tengo que matar a Castro o a Batista. ¿Entiende?

Hiraldo se humedeció los labios.

—Entiendo.

—Bien –dijo Turner.

Se quedaron en silencio. El cubano aparcó delante de un pequeño edificio de ladrillos rojos que había visto días mejores. Los ladrillos necesitaban reparaciones y muchas de las ventanas estaban rotas. Turner vio luz alrededor de los bordes de gruesas cortinas de arpillera en una de las ventanas del cuarto piso. No había ninguna otra luz encendida. Descendieron del vehículo y subieron al cuarto piso por una escalera sin luces. Hiraldo dio dos golpes, hizo una pausa, golpeó tres veces más, hizo una pausa, golpeó dos veces.

«Por Dios», pensó Turner. «Usan códigos. Como en una película de espías. ¡Estos imbéciles usan códigos!»

La puerta se abrió hacia dentro. Entraron: primero Hiraldo, luego Turner. Había seis esperándolos. Un cubano delgado con un bigote fino como la línea de un lápiz se recostaba indolente contra la pared más lejana, hurgándose los dientes con un fósforo. Tenía una mirada adormilada. Había otro cubano sentado en una mecedora con las piernas cruzadas a la altura de las rodillas. Era más viejo, mayor que Hiraldo; de unos cincuenta años, o quizá de sesenta. Turner no podía precisarlo.

Había cuatro americanos. Turner los evaluó con una rápida mirada; luego dejó de prestarles atención. Un chico, no podría tener más de veinte tres años, probablemente más cerca de dieciocho. Joven, inmaduro, ni siquiera lo bastante mayor como para afeitarse. Delgaducho, además. De pelo negro, labios carnosos, una camisa informal blanca, abierta en el cuello. Estaba sentado en una silla plegable y no miraba a su alrededor.

Otro, de una edad más próxima a la de Turner, de frente ancha y brazos de estibador. Un tipo fuerte, pensó Turner. Puro músculo. No debe de ser un gran pensador pero sí infernal en una pelea en un callejón. Y eso era bueno, porque nunca estaba de más tener músculos en el equipo.

Un tercero, que parecía un maldito contable. Gafas con montura de alambre, un rostro tan decididamente anglosajón como un pudding de Yorkshire. Además, llevaba un traje a rayas, con la reglamentaria corbata también a rayas. ¿Qué estaría haciendo allí?

El cuarto. Turner lo estudió, luego se acercó y se sentó a su lado en el viejo sofá. Éste, pensó, era el único que valía. Tendría unos treinta y cinco años, o quizás cuarenta y cinco, o estaría en el medio, y eso no tenía mucha importancia. Éste, este último, era el que estaría al mando. Los otros estaban tensos y nerviosos pero éste, de mandíbula fuerte y ojos agudos y músculos fibrosos, estaba en calma. «Bien, de acuerdo», pensó Turner. «Este chico puede ser el jefe. Creí que tendría que ocuparme yo mismo. Pero mejor que los dolores de cabeza los tenga él».

Hiraldo sacó un paquete de cigarrillos cubanos y empezó a ofrecerlos a los presentes. El flaco de las gafas tomó uno y aceptó que se lo encendiera. Los otros se los pasaron. Hiraldo encendió uno para sí mismo, se movió de un lado para otro, y empezó a hablar.

Lo primero fueron las presentaciones. Turner escuchó y aprendió los nombres de todos. El chico se llamaba Jim Hines, el musculoso era Matt Garth, el delgado de gafas era Earl Fenton, el que parecía tener capacidad de mando se llamaba Ray Garrison. A Turner lo presentó como Michael Turner. «O Mike, para abreviar», pensó. «Salvo para una chica de Charleston, que lo llamaba Mickey. Pero eso fue antes de que él le cortara la garganta…»

FENTON LE DIO una calada al cigarrillo cubano, inhaló el humo picante. Estuvo a punto de toser pero logró controlarse, expulsó el humo lentamente y tomó un poco de aire para limpiarse los pulmones. Si es que podían limpiarse, pensó. Fumar era una mala costumbre. Perjudicial para la salud. Tal vez si nunca hubiera empezado a hacerlo…

Miró a Hiraldo. Era extraño que ese hombre no pudiera hablar sin mover las manos, sin dar vueltas por la habitación. Fenton dio otra calada y esta vez no se atoró con el humo del tabaco. Escuchó a Hiraldo.

—Cinco hombres con una misión –decía Hiraldo—. Cinco hombres, cinco hombres pequeños, pero juntos pueden derrumbar a un gigante. Este lunático, Fidel, se ha proclamado amo y señor de la nación cubana. Ha traicionado una revolución vital, ha subido al trono del señor Batista y se ha metido en sus zapatos llenos de sangre. Ha…

Fenton dejó de escuchar. La arenga del hombrecito le parecía interminable. Uno pensaría que los hombres de acción tenían poco tiempo para los discursos. Pero era evidente que el señor Hiraldo era hombre de muchas palabras y poca acción.

¡Acción! Ésa era la clave de todo, ¿no? Tenía que serlo, pensó Fenton. Llegaba un momento en que votar ya no bastaba, trabajar de nueve a cinco en el Metropolitan Bank de Lynnbrook ya no bastaba, ya no era suficiente volver a casa, comer solo, mirar un programa de televisión, bajar hasta la taberna de la esquina para tomar una cerveza y tener una o dos horas de charla despreocupada. Llegaba un momento en que el tiempo mismo disminuía, en que el mundo se iba alejando de uno. En que había que actuar, y actuar rápido, porque quedaba poco tiempo.

Tan poco tiempo.

—Creo que todos están familiarizados con las condiciones –dijo Hiraldo.

—Veinte de los grandes –abrevió Turner. Fenton lo miró y detectó fortaleza combinada con la desesperación. ¿Qué era lo que había escrito Thoreau? La mayoría de las personas llevan sus vidas en callada desesperación, algo así. Un significado muy complejo en pocas palabras.

—Veinte mil dólares –dijo Hiraldo—. Para cada uno de ustedes. Un total, en resumen, de cien mil dólares, una suma reunida por hombres que aman Cuba y quieren verla libre. Cien mil dólares, un precio justo por la cabeza de Fidel Castro.

—¿Cómo los cobraremos? –El que habló era Matt Garth, el tipo corpulento y musculoso. Fenton lo miró.

—Lo guardaremos nosotros –respondió Hiraldo.

—¿Y si luego se largan?

Hiraldo no comprendió. Turner le explicó que Garth quería una garantía de pago.

—Por ejemplo la mitad por adelantado, la mitad después –añadió Garth.

Hiraldo no estaba de acuerdo. Les habló de otro sistema, relacionado con depositar los fondos en una cuenta bancaria de manera tal que hubiera una garantía de buena fe para todos. Fenton no se molestó en escuchar la explicación. El dinero no importaba. El dinero era insignificante, irrelevante, indiferente. El dinero sólo valía lo que podía comprar. El dinero podía comprar muy poco para Fenton. Lo que él quería no tenía una etiqueta con el precio, no se lo podía encontrar en los estantes de ninguna tienda.

No, el dinero no tenía importancia alguna. Por supuesto que uno no podía evitar preguntarse de dónde había salido. A una banda de cubanos empobrecidos les sería muy difícil reunir entre todos la suma redonda de cien mil dólares. ¿Quién financiaba ese asesinato? ¿Plantadores de tabaco y azúcar? ¿Refinerías de petróleo? ¿Los fascistas de Batista, ansiosos por recuperar el poder? ¿Norteamericanos poco dispuestos a tolerar una nación comunista a menos de doscientos kilómetros de la costa?

Preguntas interesantes, pensó Fenton. Preguntas fascinantes. Pero, al igual que el dinero mismo, irrelevantes y sin ninguna importancia para él. Tan irrelevantes e insignificantes como el dinero.

Lo que importaba era la acción, el propósito. Más allá de quiénes eran sus oponentes y cuáles sus motivos, este hombre llamado Fidel Castro era una fuerza maligna en el esquema global de las cosas, un dictador que debía ser destruido. Y él, Earl Fenton, colaboraría en su destrucción. Eso importaba, eso era relevante. Eso y poco más.

Fenton encendió otro cigarrillo con la colilla del primero. El nuevo tenía filtro, y Fenton lo miró un momento antes de ponérselo en la boca. Estaba mal fumar un cigarrillo tras otro. Era perjudicial para la salud. Aunque tuvieran filtro, los cigarrillos eran dañinos. Inspiró el humo hacia los pulmones, hizo una mueca de dolor, esperó que nadie se hubiera dado cuenta. Tan poco tiempo…

Tan poco tiempo para actuar, para existir. Para matar, por supuesto. Tenía tiempo para eso. Tiempo para matar; era eso, de eso se trataba, y ese involuntario juego de palabras lo resumía todo: tiempo para matar.

Tiempo para matar a Castro. Porque era un mal hombre, un hombre que merecía morir. Lo único que Fenton sabía era lo que había leído en los periódicos. Castro ejecutaba, Castro era un dictador, Castro era un déspota, y probablemente estaba loco y tenía que morir. Eso era todo.

—Ahora ustedes van a separarse –decía Hiraldo—. Dos y dos y uno. Usted, Turner, irá con Hines. Fenton, usted irá con Garth. Usted, Garrison…

—Un momento, Hiraldo.

— ¿Señor Garrison?

Garrison tomó aire y exhaló un largo suspiro. Fenton lo observó; percibió la seguridad de ese hombre, su serena fortaleza.

—Si quiere gente que siga sus acotaciones escénicas –respondió Garrison—, búsquese a otro.

—¿Qué quiere decir?

—Usted sabe perfectamente bien qué quiero decir –siguió Garrison—. Si voy a jugar a este juego, lo haré a mi manera. Yo no sigo el plan de nadie. Nosotros, nosotros cinco, tenemos que disparar, tenemos que matar, hacer el trabajo sucio. Nosotros escribiremos nuestro propio guion.

—¿Y usted cree que yo tengo deseos de planear este asesinato? ¿La extirpación de un tirano?

—Yo no sé qué deseos tiene usted –dijo Garrison—. No me importa lo que quiere. Lo único que sé es lo que yo quiero, y eso es ir a Cuba, acabar con Castro, luego volver y recoger veinte de los grandes. Eso es todo. Y quiero hacerlo a mi manera.

Hiraldo parecía entre divertido e irritado. Fenton observó cómo las emociones se le cruzaban en la cara.

—Permítame explicarle mi posición –dijo el cubano de baja estatura.

—Lo escucho –respondió Garrison.

—Créame –dijo Hiraldo—. No tengo ninguna intención de… eh… organizar el asesinato. No soy un asesino.

—Felicitaciones.

Hiraldo hizo caso omiso de la interrupción.

—Como sabrán –prosiguió—, a ustedes cinco les será un poco difícil entrar en Cuba. No pueden ir juntos. No pueden trasladarse por mar ni en un avión de pasajeros. No pueden…

—No podemos caminar sobre el agua –replicó Garrison, cortante—. Al grano.

El tono de Hiraldo se volvió helado.

—Mi plan consiste en un desembarco –dijo—. Un desembarco de cinco hombres. Dos, y dos, y uno.

—Continúe.

—Turner y Hines irán a una casa de Miami. Los están esperando. Los acompañarán hasta una embarcación, una lancha particular de gran velocidad que los depositará en la costa del norte de Cuba. Allí se encontrarán con simpatizantes, quienes los introducirán en la ciudad de La Habana.

Garrison no dijo nada.

—Fenton y Garth irán a otra casa –continuó Hiraldo—. Una casa de aquí de Tampa, en Ybor City. De inmediato los llevarán a una pista de aterrizaje privada, cerca del Tamiami Trail[1]. Allí los estará aguardando un avión, que los llevará a la Provincia de Oriente, a las montañas donde los rebeldes, en este mismo momento, combaten al carnicero que…

—Ahórrenos los discursos, Hiraldo.

El cubano suspiró.

—Se reunirán con los luchadores de la libertad, quienes los ayudarán como puedan. Y usted, señor Garrison…

—Llegaré a Cuba por mis propios medios –dijo el hombre— y haré lo que me dé la real gana, y me ocuparé de este asunto como yo quiero. No necesito sus barcos ni sus aviones ni sus simpatizantes ni sus luchadores por la libertad. No quiero que ni una condenada alma sepa dónde estoy ni lo que hago. ¿Le queda claro, Hiraldo?

—Me queda claro.

—Bien –dijo Ray Garrison—. Me alegra que nos entendamos. Iré a Cuba. Cuando su amigo Castro esté muerto, regresaré. Tenga el dinero listo. –Se puso de pie, estirando su largo cuerpo con dificultad. Por primera vez

---

[1] Trecho meridional de la carretera federal 41, de unos 425 kilómetros de largo (*N. del T.*)

pareció percibir la presencia de Fenton, Turner, Hines y Garth—. Ustedes, amigos, tómenselo con calma –dijo—. No dejen que este hispano les haga las cosas difíciles. Nos veremos en Cuba.

Y Fenton vio cómo Ray Garrison salía de la habitación.

Después de eso todo fue más sencillo, más tranquilo, más fácil. Después de eso, Fenton pudo acomodarse en el asiento, fumar un cigarrillo tras otro y pensar en sus cosas mientras Hiraldo charlaba sobre trivialidades. Se suponía que él, Fenton, tenía que ir con Garth, instalarse en una casa de Ybor City y luego tomar un avión hacia las montañas de Oriente. Y una vez allí se suponía que, de alguna manera, matarían a Castro. Parecía improbable, en el mejor de los casos. Pero él ya vería qué ocurriría. Encendió un cigarrillo con la colilla del anterior y luego aplastó la colilla con la suela del zapato. Hiraldo hablaba demasiado, como había dicho Garrison. Hiraldo trataba con palabras, no con hechos, y justamente Fenton estaba tratando de escaparse de los hombres verbosos.

Tan poco tiempo…

Recordó el comienzo. El momento en que cobró conciencia, al menos, aunque ése no fuera el comienzo de todo. ¿Cómo podía uno saber cuándo había sido el comienzo?

Tal vez el comienzo había tenido lugar mucho antes. Tal vez había sido el día de su nacimiento, muchos años atrás, en Lynnbrook. Un bonito pueblo, Lynnbrook. Tranquilo, pacífico, un típico pueblo de Nueva Inglaterra. Él había nacido allí y había vivido allí, había estudiado, luego había entrado en el banco. Su vida era un espejo del pueblo: tranquila, pacífica, una típica vida de Nueva Inglaterra. Sin esposa, porque jamás se había enamorado de ninguna mujer. Sin amante; el cajero de un banco de un pueblo pequeño no podía costearse un romance. Sólo tenía el trabajo, unos pocos amigos, un vaso de cerveza y un libro por las noches, una taza de café y el periódico al amanecer. ¿Era ése el comienzo?

No, pensó. Esos eran los cimientos, tal vez. Los preparativos. Lo que lo había formado, lo que lo había convertido en un hombre dispuesto a esperar unos años más hasta la jubilación, un hombre que había ahorrado dinero esforzadamente, para esos años ociosos, los años buenos, esos años perezosos en los que un hombre como él podía darse gustos, los años que un hombre como él esperaba.

Entonces empezó.

Había empezado como un dolor, un dolor pequeño en el pecho que había vuelto con la frecuencia necesaria como para mandarlo al médico. Tal vez sería un problema cardíaco, tal vez necesitaba empezar a tomarse las cosas con más calma.

Pero resultó ser algo peor, algo temible, inevitable e inexorable. Era una palabrita de seis letras que se traducía en otra palabra más fría, también de seis letras.

La primera palabra de seis letras era cáncer.

La segunda palabra de seis letras era muerte.

Carcinoma del pulmón: cáncer de pulmón. ¿Cuánto tiempo, doctor? Más de un mes y menos de un año. Puede operarse, hacerse radioterapia, rayos X. Sí, y podemos aplicarle sanguijuelas, extraer sangre, podemos recetarle baños calientes y baños fríos y darle vitaminas e hincharlo de antibióticos. Pero hagamos lo que hagamos, Fenton, en más de un mes y menos de un año lo enterraremos. Usted estará muerto y lo meteremos en un hoyo y cubriremos ese hoyo de tierra.

Más de un mes, menos de un año.

Tan poco tiempo...

EL MISMO CUBANO del bigote delgado como una línea de lápiz llevó a Turner y Hines de Tampa a Miami. No fue un viaje corto ni largo. El automóvil era un Cadillac del año anterior y el cubano delgado lo conducía como si vehículo y chofer fueran partes de un mecanismo único. No se detuvo ni una sola vez, ni para gasolina, ni para café, ni para orinar. Por fin aparcó delante de una casa de ladrillos de cemento y estuco en lo que parecía un suburbio de Miami. Hines no estaba seguro de dónde se encontraban. Jamás había estado en Miami antes, de hecho, nunca había estado al sur de Baltimore. Salió del automóvil junto al cubano y Turner.

El cubano los acompañó hasta la puerta. Las luces previas al amanecer cruzaban el cielo. Hines se miró el reloj que llevaba en la muñeca; vio que eran casi las cinco de la mañana. Entonces habían estado despiertos toda la noche. ¿Cuándo había sido la última vez que había estado tanto tiempo sin dormir? En la universidad, por supuesto. En Cornell, empollando para los exámenes, trabajando como un turco para los finales.

Parecía que habían transcurrido un millón de años desde entonces. Por Dios, él era un estudiante universitario, se suponía que tendría que estar preparando exámenes y yendo a bailes de graduación y teniendo sexo con compañeras de curso en los asientos traseros de los automóviles y cumpliendo con todos los otros histéricos requisitos de una educación. Era un chico, un rufián, un crío inexperimentado de apenas diecinueve años, un chiquillo asustado con nada en la cabeza, y ahora se suponía que tenía que ir a un país extranjero y matar a un hombre llamado Fidel Castro.

¿Quién demonios era? Un chico universitario. Un chico cuyo padre había vendido seguros y cuya madre todavía vivía de eso, un campesino rústico del norte del estado de Nueva York, un chico que no había tenido un arma de fuego en las manos en toda su vida. Los chicos de Utica no jugaban con armas. El pueblo era culturalmente atrasado; no estaba invadido de pandillas de adolescentes, y uno podía madurar lenta y serenamente, aceptando los valores de clase media sólo porque así eran las cosas, esperando crecer y casarse con una chica salida directamente de la portada más bonita del *Saturday Evening Post*, criar unos niños y llevar una vida cómoda.

De modo que Utica era un mal campo de entrenamiento para un asesino.

Y lo mismo ocurría con Cornell, por el amor de Dios. Jesús, Castro era un maldito modelo de sofá cama, no un hombre al que había que matar.

Si uno se detenía a pensarlo, era bastante desquiciado.

Desquiciado, ridículo, demente, delirante. No tenía ningún sentido. Había otros cuatro, y uno de ellos era un forzudo descerebrado lleno de músculos y otro era un tipo rudo que parecía acostumbrado a estar siempre al aire libre y otro era un viejo bajito que le recordaba a Hines a su padre, que había muerto años atrás de trombosis coronaria, y que había vendido seguros en Utica. Y el cuarto, este Turner sentado a su lado, era uno de esos tipos fuertes y callados y parecía hecho de hierro forjado. Un grupo muy raro, un grupo de locos, cuya locura había aumentado con el añadido de un nuevo miembro, James Hines.

Desquiciado.

El cubano había abierto la puerta, les había dado la llave, se había marchado. Turner estaba en la cocina preparando café. Hines se sentó en la sala. Pero no pudo quedarse quieto; se levantó y empezó a dar vueltas. Siguió dando vueltas hasta que Turner volvió con dos jarros de café.

—Es instantáneo –dijo Turner—. Y no encontré ni leche ni azúcar. ¿Café negro te parece bien?

—Está bien.

—Entonces coge un jarro y bébetelo. Y siéntate, por el amor de Dios. Me pones nervioso.

Hines tomó el café, se sentó, le dio un sorbo y se quemó la boca. Turner lo estaba bebiendo como si estuviera a temperatura ambiente.

—¿Cómo puedes beberlo tan caliente?

—Durante un tiempo fui camionero –dijo Turner—. De larga distancia. Cuando te detienes en la carretera necesitas que el café baje rápido. No puedes esperar que se enfríe. Finalmente te acostumbras.

Hines asintió. Bueno, uno pregunta y uno se entera. Esperó que su café se enfriara un poco, luego le dio un sorbo.

Turner encendió un cigarrillo. Se puso de pie, se sentó. Dijo:

—Bebe un poco más de café, espera una hora. Luego vete corriendo de aquí, toma el primer avión hacia el norte.

—¿Qué quieres decir?

—Quiero decir que eres un crío –replicó Turner—. Un crío joven e idealista en el barco equivocado. Puedes salirte ahora que tienes la oportunidad de hacerlo, y volver con mamá y papá.

—Mi papá está muerto.

—Lo lamento.

—Y un cuerno –dijo Hines—. Olvídalo. Termina lo que estabas diciendo.

El tono los sorprendió a ambos. Luego Turner dijo:

—No sabes de qué se trata todo esto. Crees que Castro es un dictador, de modo que nosotros seremos héroes si lo matamos. Tú eres el único héroe del grupo, chico. Yo no he venido a hacer el héroe. Quiero veinte de los grandes. Necesito veinte de los grandes. He matado a un hombre y a una mujer y si me quedo en este país me colgarán. Me llevarán a Charleston y me colgarán.

Hines pensó: «Este hombre es un asesino. Me cuenta todo esto. Se supone que yo debería estar alarmado, o algo así». Pero no lo estaba. Sólo podía pensar que ya conocía la razón de Turner, ya sabía por qué Turner había aceptado el trato. Era una respuesta, nada más.

—Y Garth –prosiguió Turner—. El de los músculos en lugar de cerebro. ¿Crees que es un condenado combatiente de la libertad?

—Creo que es un bruto.

—Sí –dijo Turner—. Un bruto. Le dices que golpee y golpea. No tiene cerebro, ni ideales, nada. Un bruto. ¿Y qué hay de Garrison?

—Es un cazarrecompensas.

Turner asintió enfáticamente, exhalando humo de los labios.

—Tienes razón –dijo—. Un cazarrecompensas. Hay un precio por la cabeza de Castro y él quiere cobrarlo. Para él es un negocio. Es capaz de matar a cualquiera, en cualquier lugar, en cualquier momento, por el precio justo. Te mataría a ti por veinte mil; o a mí. O a su madre.

—¿Y Fenton?

—Dejémoslo por ahora –dijo Turner—. Aún no he conseguido descifrarlo. Sigamos. ¿Qué piensas de Hiraldo?

—Está en esto por dinero, es un asalariado –dijo Hines—. Te fijaste en Hiraldo. Pero no te fijaste en el viejo, ¿verdad?

—Sí que me fijé en él.

Hines dijo:

—¿Sabes quién es? –Turner negó con la cabeza–. Se llama Juan Carboa –dijo Hines—. Es un empresario. Tiene un negocio muy atractivo. Financia revoluciones.

—No lo sabía.

—Está en esto hace varios años –continuó Hines, dispuesto a hablar, más seguro de sí mismo—. Había un hombre en Cuba que se llamaba Machado. Carboa reunió dinero, armó a un sargento que se llamaba Batista. Batista derrocó a Machado.

—¿Has aprendido todo esto en la universidad?

—Escúchame –dijo Hines—. Estoy explicándote algo sobre los idealistas.

—Continúa.

—Luego Carboa reunió más dinero –prosiguió Hines—. Más tarde, años más tarde, financió a una persona que se llamaba Castro, un estudiante de derecho barbudo. Fidel Castro. Y Castro derrocó a Batista. Ahora Juan Carboa está financiando el derrocamiento de Castro. Cada vez que hace algo así, se llena de dinero. Se gana la vida con las revoluciones.

Turner no hizo ningún comentario.

—Yo sé mucho –dijo Hines— sobre el idealismo.

—¿Entonces cuál es tu interés en todo esto?

Hines se encogió de hombros. Tal vez había hablado demasiado, pensó. Tal vez había un punto en el que uno debería callarse. Tal vez cuando uno dejaba expuestas las heridas estaba pidiendo que alguien les echara sal.

—Vamos –insistió Turner—. Todos tienen algún interés. ¿Cuál es el tuyo?

—Yo no soy un idealista –dijo Hines.

—¿No?

—No. Tenía un hermano, Turner. Un hermano mayor, seis años más que yo. Él sí era un idealista, Turner.

—¿Sí?

—Cierra la boca y escúchame. Él sí era un idealista, un gran tipo. Yo lo adoraba. ¿Entiendes? Él me enseñó un montón de cosas, pasó mucho tiempo conmigo. Teníamos la típica relación de hermano mayor con hermano menor, y yo lo adoraba. Pero un día Castro se alzó contra Batista y Joe, mi hermano, marchó a las montañas a ayudarlo. Y no al final. Estuvo allí casi desde el comienzo, antes de que la mitad de la gente de este país oyera hablar de Castro. Estuvo allí. Luchó y pasó hambre y estuvo presente cuando ganaron. ¿Entiendes?

Turner lo miró.

—Así que mi hermano participó en todo eso, y ganaron cuando todos esperaban que perdieran. No eran más que una pandilla de chicos barbudos luchando contra un ejército profesional y, maldita sea, ganaron. Y Castro llegó a la cima.

Turner encendió otro cigarrillo. Hines dejó de hablar un momento. Ésta era la parte difícil, aquí se hacía duro continuar. Pero tenía que soltarlo todo, ahora se había vuelto importante, y tenía que contárselo a Turner. Por alguna razón, era importante que Turner lo supiera.

—Este Castro –continuó— empezó una campaña contra los norteamericanos. Y ahí estaba Joe, un norteamericano, un idealista. Estaba del lado de Castro, pero seguía siendo norteamericano. –Hizo una pausa para tomar aliento y luego prosiguió–. Castro lo llamó justicia revolucionaria. Dijo que Joe Hines había traicionado la revolución y que tenía que recibir su merecido. Con la justicia revolucionaria no hace falta un juicio. Lo que único que se precisa es un pelotón de fusilamiento. Se llevaron a mi hermano, lo pusieron delante de un pelotón y lo fusilaron hasta que quedó bien muerto. Así que yo voy a ir a Cuba, Turner, y voy a matar a ese hijo de puta de Castro, y si eso es idealismo puedes metértelo en el culo.

Ninguno de los dos dijo nada durante un rato. Luego Turner se levantó, cogió los jarros de café y los llevó a la cocina. Hines se quedó sentado en la silla y se miró las manos. No temblaban. «Estoy firme como una condenada roca», pensó. «Ningún temblor, nada. Firme. Como Gibraltar».

Turner regresó y le dio otro jarro de café. Bebieron en silencio. Cuando dejaron los jarros vacíos sobre la mesa, Turner le ofreció un cigarrillo. Hines negó con la cabeza. Turner se encendió uno para sí mismo.

—Lo que dije antes –se disculpó Turner—, eso de que cogieras un avión y te fueras a tu casa. Olvida que lo he dicho, ¿de acuerdo?

—Claro.

—¿Cuántos años tienes, Hines?

—Diecinueve. ¿Por qué?

—Por nada. ¿Has estado con una mujer alguna vez?

Hines se miró las manos. Respiró profundamente.

—¿Y bien? ¿Sí?

—No.

—No te avergüences, por el amor de Dios. Mira, es tarde, los dos estamos cansados. Hay dormitorios en la parte de atrás. Dormiremos unas ocho horas, luego mandaremos a pedir comida y algo de alcohol. ¿Tú bebes?

—Claro.

—Bien –dijo Turner—. Haremos que nos traigan comida y también alcohol, y yo haré una llamada y conseguiré un par de chicas. Comeremos la comida y beberemos el alcohol y nos acostaremos con las chicas. Después iremos a Cuba a que nos disparen en el culo. ¿Te suena bien?

—Claro –dijo Hines.

—Bien –dijo Turner—. Ahora vámonos a dormir.

DOS

FIDEL CASTRO NACIÓ el 13 de agosto de 1926. Su padre era español, un gallego que se instaló en la provincia de Oriente y se enriqueció con el azúcar y la madera. Fidel se crió en la granja que su padre tenía en Birán, municipio de Mayarí, ubicado en la costa norte de Oriente, cerca de la bahía de Nipe. Corría descalzo en el campo de su padre, arrastraba madera con un tractor. Fue bautizado en la fe católica romana y estudio en colegios religiosos de Santiago.

Tenía siete años cuando Batista conquistó la isla. Fulgencio Batista, un severo sargento del ejército cubano, logró que las fuerzas armadas se le unieran y se hizo con el poder durante la confusión que rodeó la revuelta que derrocó a Machado. El joven Fidel alcanzó la madurez en la Cuba de Batista, una isla donde la libertad personal había quedado aplastada bajo la suela de hierro de la dictadura.

Asistió al colegio La Salle de los hermanos cristianos, luego terminó su educación primaria en el colegio jesuita Dolores. Tocó la corneta en la banda de la escuela y vistió su primer uniforme, que era de color azul marino y tenía un cinturón de cuero blanco Sam Browne, con una correa que pasaba por encima del hombro.

En 1942, mientras el resto del mundo se abandonaba a los primeros años de la segunda guerra, Fidel se trasladó a La Habana para empezar su educación secundaria en el colegio Belén. Fue allí donde se reveló su talento para el liderazgo. Tenía un desempeño excelente en los estudios y también en las actividades atléticas, como lanzador en el béisbol, jugando al baloncesto o corriendo en la pista. Cuando se graduó, en 1945, ya había decidido su vocación. Sería abogado.

La Universidad de La Habana, donde Fidel Castro se inscribió en el otoño de ese mismo año, era un lugar completamente distinto de las universidades norteamericanas. A lo largo de la historia los establecimientos de educación superior de América Latina han ejercido un papel predominante en la política de sus naciones. Allí se fomentan revoluciones y alzamientos, se alienta el pensamiento radical. Las tradicionales fiestas de las universidades norteamericanas en que los estudiantes roban la ropa interior de sus compañeras son desconocidas en las universidades latinoamericanas, así como las actividades de bienvenida a los alumnos y profesores después de las vacaciones. Los estudiantes latinoamericanos tienen temas más importantes en los que ocupar el tiempo.

Fue en la universidad que se moldeó el futuro de Fidel. Entró en la facultad de Derecho, se involucró en política estudiantil. Tenía una presencia imponente: era alto, apuesto, de rasgos fuertes, mente rápida, y una buena voz para discursos. En poco tiempo se había convertido en una figura destacada en el campus, un artista de la manipulación política.

Pero en el verano de 1947 el fervor revolucionario de Castro interrumpió sus estudios académicos. Se sumó a la fuerza expedicionaria que se entrenaba en las montañas de

Oriente, preparándose para invadir la República Dominica y derrocar a Trujillo, el dictador que llevaba varios años en el gobierno de la república isleña. Allí Fidel tuvo su primera experiencia de la vida militar, una afición que desarrollaría con los años.

La invasión fue prematura, y fracasó. El gobierno dominicano se enteró de los planes y mandó una carta de protesta al gobierno cubano. El presidente de Cuba colaboró de inmediato con Trujillo. La armada cubana envió fragatas para interceptar la fuerza invasora y aplastó la intentona. Castro se lanzó al agua con su subametralladora en la mano y nadó hasta la orilla sosteniendo el arma por encima de la cabeza.

Regresó a los estudios y empezó a interesarse en la política universitaria. Aceptó el apoyo comunista en su campaña para ser elegido vicepresidente del gobierno estudiantil de la Facultad de Derecho, pero luego cambió de bando y se enfrentó enérgicamente a los comunistas del campus. Cuando el presidente renunció, Castro asumió el mando del gobierno estudiantil.

Estaba aprendiendo. Era un político nato, capaz de percibir rápidamente las marchas y contramarchas del juego, siempre listo para cimentar alianzas para su propia ventaja. Era un idealista pragmático; tenía objetivos elevados y dignos, pero estaba dispuesto a utilizar medios no tan idealistas para alcanzarlos. Fidel continuó con su formación académica al tiempo que se afianzaba como político. En aquella época la situación política de Cuba estaba desorganizada. Batista vivía en Daytona Beach, Florida, donde se había exiliado voluntariamente en 1944. Ese mismo año había celebrado unas elecciones limpias, las primeras desde 1933, y había sido derrotado ampliamente. Pero el gobierno que siguió al de Batista era prácticamente igual de corrupto, y se había dedicado a apoyar los intereses de las clases altas cubanas en detrimento de los pobres. Fidel soñaba con una Cuba libre, con la tierra redistribuida a los campesinos, con todos los ciudadanos iguales ante la ley. En 1948 contrajo matrimonio, un año después nació su primer hijo. En 1950 se graduó en la Universidad de La Habana y abrió un bufete como abogado. Su idealismo prevaleció, y pasaba la mayor parte del tiempo defendiendo a hombres y mujeres de las clases bajas, casi siempre sin cobrar honorarios. La gente común de La Habana conocía a Castro. Lo veían como un buen hombre, que defendía sus intereses. ¿Y cómo se veía Castro a sí mismo? Como un político en estado embrionario, un hombre con un futuro en Cuba. En aquellos días, mientras vivía en La Habana, defendiendo a los pobres en los tribunales cubanos, tal vez Castro aún no soñaba con revoluciones. Después de todo, Batista estaba exiliado en Florida. El gobierno era corrupto y se necesitaban reformas desesperadamente, pero tal vez él suponía que no existía ninguna reforma que no pudiera alcanzarse por medios legales.

Después de todo, Castro pensaba postularse para el Congreso en las elecciones de 1952.

Pero no hubo elecciones en 1952. Ese año, Batista, una vez más sediento de poder, regresó a Cuba desde Daytona Beach. El diez de marzo entró en Campo Columbia. Había dilapidado su vasta fortuna en un acuerdo de divorcio y quería recuperarla explotando las riquezas de la isla de Cuba. Se puso al mando del ejército y obligó a huir a los legítimos gobernantes.

El golpe de Batista fue veloz y eficiente. Se hizo con el control total del gobierno en muy poco tiempo. Las naciones extranjeras le brindaron reconocimiento diplomático y el pueblo cubano no se atrevió a levantar su voz contra él.

Pero un joven abogado de La Habana pensaba distinto. Lo único que veía era un dictador corrupto que había vuelto a apoderarse de Cuba. Sabía que eso estaba mal, y trató de hacer algo al respecto.

Castro presentó una denuncia en los tribunales cubanos contra el gobierno de Batista. La denuncia fue rechazada. Le escribió una carta a Batista, exigiéndole elecciones limpias y un gobierno representativo. La carta, por supuesto, fue ignorada.

Batista se mantuvo en el poder.

Y entonces Fidel Castro se dio cuenta de algo. La dictadura de Batista no podría cambiarse a través del parlamento. Las reformas con las que había soñado, la redistribución agraria y el progreso social, no se producirían gradualmente. La Cuba de Batista era un juguete de los ricos, que existía para beneficio de los políticos cubanos corruptos.

Era imposible reformar a Batista. Sólo podía derrocárselo. No se lo podía cambiar; había que expulsarlo radicalmente. La única política que funcionaría en Cuba era la del cuchillo y el subfusil Sten, la de la guerra de guerrillas en las montañas y las actividades clandestinas en las ciudades.

El año siguiente, el 26 de julio de 1953, Castro empezó.

TRES

CUANDO GARRISON SE marchó en medio de las deliberaciones con Hiraldo, se dirigió a un bar que estaba a una manzana de distancia. El aire estaba cálido y pesado. Sabía que había un hombre detrás de él, pero no se dio vuelta.

El bar era oscuro y sucio y estaba lleno de cubanos. Garrison se quedó cerca del fondo bebiendo lentamente un vaso de cerveza de barril. Vio entrar al hombre que lo seguía, un cubano de ojos hundidos con gafas de montura de cuerno. Era un problema. Tal vez fuera uno de los hombres de Hiraldo, investigando a los potenciales asesinos. Pero de la misma manera podía estar trabajando para otro. Para Fidel, por ejemplo.

Garrison reflexionó. Terminó la cerveza, salió del bar, paró un taxi. El otro hombre salió del bar detrás de él y se subió a un Mercury viejo que estaba junto al bordillo de la acera. El Mercury arrancó y se mantuvo detrás del taxi.

—Por si no lo sabía –dijo el taxista—, lo siguen.

—Lo sé –respondió Garrison.

—¿Quiere perderlo?

—No –dijo Garrison—. Haga como si no supiera que nos siguen. Lléveme a un hotel barato y tranquilo. Una pocilga.

El taxista encontró uno así, un edificio antiguo con un letrero de neón que decía *Hotel* y nada más. Garrison ascendió cuatro destartalados escalones de madera y entró en una recepción que olía a desinfectante y cerveza rancia. Un empleado con una visera verde cogió los tres dólares del pago adelantado que le dio Garrison y le entregó la llave de una habitación del tercer piso. No había ascensor. Garrison subió las escaleras y entró en su habitación. Luego cerró la puerta con llave.

Había una cama sin hacer, una cómoda con quemaduras de cigarrillos en los bordes, una silla de madera con asiento de caña. Garrison encendió la luz y se sentó en el borde de la cama. Después de que pasaron diez minutos apagó la luz. Ellos tendrían que hacer un movimiento, pensó. Que lo hagan. Él suponía que le darían tiempo para dormirse, luego entrarían a hacer el trabajo sucio. Él los engañaría –si la estratagema daba resultado— y les cortaría la cabeza.

Esperó media hora –que pareció una eternidad— con los oídos atentos al menor sonido.

Eran descuidados. Oyó los pasos en la escalera, unos susurros ininteligibles en el pasillo. Se acercó hasta la puerta en puntas de pie al tiempo que oía el rasguñar de la hoja de un cuchillo abriéndola. Luego silencio.

La puerta se movió hacia dentro. Garrison tenía su pistola en la mano, la reluciente Beretta que guardaba en un bolsillo especial cosido en el interior de la chaqueta. La había agarrado por el caño. Esto debía hacerse en silencio. Incluso en un hotel pulguiento uno no se arriesgaba a hacer fuego.

Eran dos, dos cubanos dentro de su habitación, esperando a que los ojos se les acostumbraran a la oscuridad. Uno – el que conducía el Mercury— tenía un revólver de gran tamaño en la mano. El otro llevaba un cuchillo.

Primero el revólver. Garrison estaba cerca, lo bastante como para extender la mano y tocarlos, lo bastante como para oler su sudor. Relajó el cuerpo, se puso en acción, se desplegó en un movimiento fluido. La Beretta subió y luego bajó. Se oyó un ruido sordo, un movimiento, un gruñido. El hombre del revolver cayó, con la cara hacia el suelo, dentro de la habitación.

Garrison cerró la puerta de un empujón y se puso de cuclillas, listo para saltar.

Las cosas se habían puesto interesantes. Estaban solos en una oscuridad total, él y el del cuchillo, un estilete a resorte con una hoja de diez centímetros.

Garrison tenía una ventaja; podía ver mejor, los ojos ya se le habían acostumbrado a la luz mortecina. Pero el cubano era listo, y se negaba a moverse mientras no pudiera vislumbrar la silueta de Garrison. Pasaron unos momentos tensos hasta que el hombre se lanzó como una cobra, con el cuchillo subiendo en un movimiento líquido con la parte inferior de la mano. Garrison lo esquivó, trató de agarrarle el brazo al cubano, no lo logró.

El cuchillo volvió a serpentear. Garrison retrocedió, chocó contra la cama y lanzó una maldición. El cubano ya estaba listo para otro intento y Garrison se agachó justo a tiempo; el cuchillo dibujó una curva ancha por encima de su hombro. El cubano jadeó con voz ronca, se lanzó a matar; al menos, así lo esperaba. Garrison se separó de la cama, encontró la silla de madera, la levantó y se la arrojó. Le dio al artista del cuchillo en el pecho y lo hizo tambalearse hacia atrás; pero el hombre se incorporó rápido, con el cuchillo todavía en la mano.

A Garrison le quedaba poco tiempo. El otro cubano, el del suelo, estaba volviendo en sí. Garrison lo oyó tratando de incorporarse y se dio cuenta de que era ahora o nunca. Deseó haber conservado la Beretta, pero la había perdido, probablemente estaría bajo la cama.

El cubano se abalanzó pero Garrison estaba listo. Dio un paso a un costado y se adelantó con fuerza; alcanzó al cubano con una mano en la muñeca y la otra en el brazo. Subió la rodilla rápido. Con la rodilla ubicada bajo el codo del cubano todo se hizo muy simple. Le rompió el brazo con la misma facilidad con que hubiera partido una rama. El estilete rebotó en el suelo. El cubano gimió como una niña, cayó de rodillas y Garrison lo noqueó con una patada en la sien.

Con una segunda patada puso a dormir de nuevo al otro cubano.

Encendió la luz y les revisó los bolsillos. El que había blandido el cuchillo tenía unos pocos billetes y un puñado de monedas, nada más. Garrison cogió el dinero. El hombre del arma de fuego tenía una cartera con una licencia de conducir cubana, un pasaporte, más dinero. El pasaporte tenía fecha reciente.

«Castristas», pensó Garrison. Matones de Castro. Y habían venido a liquidarlo. De modo que los hombres de Castro sospechaban que se preparaba algo. Bueno, eso dificultaba las cosas. Podrían saber que se preparaba algo, pero no sabían qué. Garrison se encogió de hombros; veinte de los grandes era un montón de dinero, una cantidad que no se conseguía sin peligro.

Y estos dos ya no darían más problemas. Garrison sonrió, encontró el estilete. El hombre que llevaba el revólver, el chofer, estaba agitándose de nuevo. Garrison le abrió la garganta fácilmente; luego le hizo lo mismo al otro. Limpió sus huellas del cuchillo, la puerta, los diversos muebles de la habitación que podría haber tocado. Encontró la Beretta, la guardó en el bolsillo al que pertenecía, dejó la habitación, cerró la puerta al salir.

Se marchó del hotel. La mucama se encontraría con una sorpresa a la mañana siguiente. Si es que había mucamas en esa pocilga. Y si algo pudiera sorprenderlas.

Se rió, una risa rápida e íntima. Luego paró un taxi y se dirigió al Splendora.

EL SPLENDORA ERA un hotel de precio medio del centro de Tampa, donde Garrison estaba registrado bajo el nombre de David Palmer. Subió a su habitación del último piso y preparó la maleta. No era difícil; Garrison viajaba ligero. La maleta, cuando estaba llena, contenía un traje ligero de pana, un par de zapatillas de tenis, dos camisas de verano, unas cuantas mudas de ropa interior y unos pares de calcetines. Había un libro, un delgado tomo de poemas de Rimbaud. Garrison no leía mucho pero le gustaba Rimbaud. Llevó la maleta a la recepción, pagó la cuenta y salió del hotel. No dejó ninguna dirección de correspondencia.

Su vehículo, un viejo Ford azul, estaba aparcado cerca del Splendora. Lo había comprado una semana antes en Nueva Orleans a nombre de David Palmer y lo había conducido hasta Tampa. Puso la maleta en el maletero y lo cerró. Había un arma allí, un rifle de alta potencia con una mira telescópica que había costado un poco más que el auto. También lo había adquirido en Nueva Orleans. Se puso al volante y salió de Tampa.

Garrison tenía treinta y siete años. En 1924, mientras Coolidge era reelegido presidente de Estados Unidos, Ray Garrison nacía en una ciudad lo más lejos de Tampa a lo que se podía llegar sin salir del país. La ciudad era Birch Fork, un pueblo muy pequeño en la parte central del estado de Washington. Vivió allí diecisiete años. Luego se alistó en el Cuerpo de Marines.

Cuando reflexionaba al respecto, lo que sucedía en contadas ocasiones, se le ocurría que la mejor manera de contar la historia de esos diecisiete años en Birch Fork era a través de las armas que había poseído. El había sido, primero, un niño solitario, luego un joven solitario. Pasaba esos primeros años en el bosque. Nunca salía sin un arma.

A los siete años de edad fabricó una honda. El marco estaba hecho con una madera fuerte y la tira con una robusta banda de goma. Al principio era poco precisa, pero la fue perfeccionando y practicando constantemente. En poco tiempo consiguió atrapar ardillas y liebres, a veces uno o dos pájaros. No mataba a las presas por sed de sangre sino simplemente para practicar tiro al blanco. No era lo mismo que cuando uno disparaba a botellas de refrescos o latas. Hacía falta un blanco vivo para que todo pareciera real.

Cuando cumplió once años su padre le regaló una pistola de aire comprimido. Le encantaba el arma, pero era barata y el caño era poco fiel. Primero aprendió a compensar la inexactitud del arma apuntando un poco hacia arriba y al costado. Hasta que un día el arma lo irritó. La desarmó, corrigió con un martillo la ligera desviación que arruinaba la precisión del arma, y volvió a armarla.

Tres años después obtuvo una calibre 22. Se la compró el mismo, con dinero que había ahorrado con trabajos menores. Era un arma hermosa, con una culata lustrada y resplandecientes partes de metal. Era un arma de verdad, no un juguete, y él era muy capaz con ella. Uno o dos años más tarde añadió una escopeta a su colección. Al principio no le gustaban las escopetas; tenían un alcance muy grande, lo que parecía facilitarle demasiado las cosas al cazador; pero no tardó en aprender las sutilezas del arma y terminó apreciándola.

Nunca comía lo que mataba, nunca lo llevaba a su casa, nunca lo embalsamaba, ni lo despellejaba ni lo colgaba en la pared. Lo que le interesaba eran las armas y el deporte. No los cadáveres.

Luego vino 1941, y Pearl Harbor, y los infantes de marina. Él se implicó hasta el fondo, durante toda la campaña del Pacífico, saltando de una islita fea a la siguiente, con hombres que morían a su alrededor y delante suyo. Usó un M-1, un fusil automático Browning y una ametralladora. Aprendió combate cuerpo a cuerpo. Vivía en presencia de la muerte, y la miraba directamente a la cara. Pensaba en la muerte con frecuencia, se preguntaba por ella, esperaba poder evitarla. Pasó la guerra sin una herida, sin un rasguño.

Y la guerra llegó a su fin. Los marines conquistaron Guadalcanal y Tarawa e Iwo Jima y todo el resto, y entonces un bastardo desde un avión movió una palanca y se robó la fama. Una bomba cayó en Hiroshima y pocos días después cayó otra en Nagasaki, la guerra terminó y él regresó a los Estados Unidos.

Cuando volvió a Birch Fork su casa ya no estaba. Su madre y su padre habían muerto y él no tenía ninguna razón para permanecer allí. Un día fue al bosque con su rifle y le disparó a una o dos ardillas, pero la excitación había desaparecido. Si uno se había acostumbrado a cazar hombres matar ardillas ya no era muy emocionante. Volvió a hacer la maleta y se dirigió a Chicago.

Durante unos años vagabundeó de un sitio a otro. Hasta que una noche, en una zona sórdida de St. Louis, un hombre empezó una pelea y amenazó a Garrison con un cuchillo.

Ray se lo quitó y rompió la hoja en el mostrador del bar. Luego, con las manos, golpeó al otro hasta matarlo.

La policía no llegó a tiempo. No estaban cerca de ese sitio, y cuando llegaron Ray ya estaba en el apartamento de un gordo. El hombre le dijo a Garrison que no había problemas, que un hombre como él podía conseguir trabajo. Le preguntó si era hábil con las armas de fuego y Garrison se limitó a sonreír.

Eso es historia antigua, pensaba ahora, mientras su vehículo abrazaba la carretera y se alejaba de Tampa en dirección sur. Historia antigua. Todos esos años con la mafia, todos esos encargos para la organización a cambio de dinero limpio y rápido, habían terminado. La organización exigía demasiado. Querían ser los dueños de uno, y a Garrison no le gustaba tener dueños. De modo que ahora trabajaba por su cuenta. Para cualquiera que lo contratara. Hacía un promedio de cuatro por año, a un promedio de cinco de los grandes por trabajo. Cuando no tenía una misión, que era el noventa por ciento del tiempo, holgazaneaba. Recorría el país, se alojaba en buenos hoteles, leía a Rimbaud. Le gustaba Rimbaud.

LLEGÓ A KEY West a la mañana. La islita estaba tranquila, cálida. Aparcó en un prado, abrió el maletero, desarmó el rifle de alta potencia y lo guardó en la maleta junto a la ropa. Revisó la cartera, destruyó los cinco documentos de identidad que estaban a nombre de David Palmer. Ya no necesitaba el coche; tampoco necesitaba a Palmer. Levantó la maleta y la arrastró por la calle principal de la ciudad. Entró en un restaurante a desayunar, pidió una ración doble de jamón con huevos y bebió un litro de leche.

El hombre del mostrador era calvo y de baja estatura.

—Quiero alquilar una embarcación –le dijo Garrison.

—¿Para pescar?

Garrison se encogió de hombros.

—Una lancha pequeña y rápida. Veloz y fácil de conducir. ¿A quién debo ver?

El hombre del mostrador pensó durante un momento.

—Inténtelo con Phil Di Angelo –sugirió—. La mayor parte del tiempo puede encontrarlo en el cuarto muelle, o en el Blue Moon, un bar de allí.

Garrison le agradeció y se fue. Buscó en los muelles y no encontró a Di Angelo. En el Blue Moon el encargado del bar le señaló a un hombre de piel oscura, sin afeitar, sentado solo con una botella de cerveza en una de las mesas del fondo. Garrison avanzó por el suelo sucio llevando su maleta y se sentó cerca de Di Angelo. El hombre levantó la mirada. Garrison se dio cuenta de que había estado bebiendo, pero no estaba ebrio.

—Usted tiene una lancha para alquilar –dijo Garrison.

Di Angelo lo miró.

—¿Quiere alquilarla?

—Podría ser. ¿Es rápida?

—Rápida y en buen estado. La pesca es más o menos en esta época; no muy buena y no muy mala. No tiene vela, si eso es lo que busca. No hay vela, y no hay tarpones en esta época. De todas maneras podríamos divertirnos.

—Yo no pesco.

—¿No? –Di Angelo lo miró con ojos perspicaces, evaluándolo—. Continúe, amigo.

—Quiero ir a Cuba. A La Habana –dijo Garrison.

—¿Está loco?

—No.

—Debe de estar loco.

Garrison no dijo nada. Esperó que Di Angelo se decidiera.

—Podría hacerlo, amigo. Le costará.

—¿Cuánto?

—Mil.

Garrison suspiró. Se puso de pie y empezó a marcharse.

—Oiga...

—Es demasiado –dijo.

—¿Cuánto, entonces?

—La mitad –respondió Garrison—. Quinientos, nada más.

Di Angelo trató de regatear, pero no dio resultado.

—De acuerdo –dijo por fin—. ¿Cuándo partimos?

—Mañana.

—Por Dios. Hace falta tiempo. Hace falta muchísimo tiempo. No se puede sencillamente...

—Es un trayecto de ciento cuarenta kilómetros y lleva dos horas. Déjese de tonterías.

—Hay barcos –dijo Di Angelo desesperadamente—. Buques patrulla, nuestros y de ellos. No se los puede esquivar.

—¿Va a volarles encima?

Durante unos minutos se quedaron sentados, mirándose mutuamente. Hasta que Di Angelo dijo:

—De acuerdo, usted paga. Pero mañana no. Esta noche, a las 12. No quiero ir de día. Hoy a la medianoche o no hay trato.

—Trato hecho –dijo Garrison.

LA CASA DE Ybor City era cómoda. Matt Garth llevaba dos días sentado delante del televisor. Bebía cerveza en lata y fumaba cigarros cubanos. También vigilaba a Fenton, que estaba algo chalado. Aquí estaban, viviendo la buena vida, comiendo buena comida y sin hacer nada, y Fenton no paraba de dar saltos de un lado a otro como un perro con pulgas. Estaba en una buena situación, pero era demasiado estúpido como para darse cuenta.

—Mira – le decía Garth—. Tranquilízate, bébete una cerveza, cálmate. Este es un buen sitio, ¿verdad? Esperamos hasta que nos lleven al avión. Luego hacemos lo que tenemos que hacer. ¿Estás asustado, o algo así?

—No estoy asustado.

—Entonces tranquilízate. Relájate. Todavía falta hasta que nos enfrentemos a este tal Castro. Cuanto más tengamos que esperar sentados aquí, mejor. Hay tiempo.

—No –respondía Fenton—. No hay nada de tiempo. Hay muy poco tiempo, señor Garth.

—Puedes llamarme Matt.

—De acuerdo, Matt.

—¿Cómo te llamo? ¿Earl?

—Lo que tú quieras –dijo Fenton.

Garth ya no se molestó después de eso. Siguió bebiendo latas de cerveza y fumando buenos cigarrillos cubanos y pensando en Castro, el tipo al que se suponía que tenían que liquidar. Para él no tenía sentido pero no iba a perder el tiempo preocupándose sobre qué tenía sentido y qué no. Él no se devanaba los sesos en cosas así. Era un tipo tranquilo, un tipo que tenía más músculo que cerebro y lo sabía. Valoraba su fuerza porque muchos tipos con cerebro le habían pagado cuando necesitaban músculos para hacer un trabajo.

Trabajaba para cualquiera que tuviera dinero suficiente para contratarlo, gastaba sus ganancias tan pronto las cobraba, y pasaba de un trabajo a otro sin preocuparse por nada. Había cumplido una condena corta en Dannemora por agresión con agravantes, había pasado unos períodos menores en la cárcel por embriaguez y alteración del orden público y cosas así, y desde entonces había aprendido a relajarse en lo relacionado con la ley. Más allá de eso, tenía un código ético sencillo y poco trabajoso. Buscaba al Número Uno, se portaba con toda rectitud con el que pagaba la cuenta, y por lo general se las arreglaba para salir bien.

Se había desempeñado como rompehuelgas, ejecutor, matón de bar, había hecho prácticamente todo lo que requiriera el talento de alguien que pudiera golpear fuerte y moverse con facilidad. Era más duro que el mismo demonio; había perdido dos dientes por la porra de un policía y él había mandado a ese mismo policía al hospital durante varios meses. Ésa fue la razón por la que había terminado en Dannemora. Pero antes de que lo juzgaran, la policía lo había molido a palos para vengar al que estaba en el hospital. Él encajó todos los golpes que le lanzaron. No gritó ni se quejó. Lo soportó todo y no pudieron quebrarlo.

Y ahora, debido a que un cubano desquiciado se llevaba bien con uno de los mafiosos que lo habían contratado antes, él iría a Cuba a acabar con ese tal Castro. No sabía quién era, salvo que gobernaba Cuba y que alguien quería que no siguiera en ello. Para él no tenía importancia. Le importaban los veinte mil, que le permitirían vivir cómodamente durante mucho tiempo. Con veinte de los grandes uno podía comprarse una buena cantidad de chicas de pechos grandes. Uno podía beber un montón de cerveza de buena calidad, dormir en un montón de camas con sábanas de seda.

Así que al demonio con ello.

El tercer día vino a buscarlos un automóvil. El chofer era un negro de piel clara y ojos fríos. Los llevó fuera de Tampa, por el Tamiami Trail, hacia la pista de aterrizaje. Garth se dio cuenta de que Fenton parecía agitado. Dedujo que estaría asustado. Tal vez tenía miedo de que el avión se estrellara. Garth se rió.

El avión era un bimotor Cessna, un pequeño saltacharcos. El negro les dijo a Garth y Fenton que había vituallas para ellos dentro del avión, que el piloto les diría lo que quisieran saber. El negro se fue. Subieron al avión y el pilotó calentó los motores, rodó por una pista muy pequeña y despegó.

—¿Te gusta volar? –le preguntó a Fenton.

—No me molesta.

—A mí me da igual –dijo Garth—. Dijeron algo sobre vituallas. Echemos un vistazo.

Las vituallas eran armas, municiones, algunos explosivos pequeños. Garth los miró y silbó.

—Mejor que no nos golpeemos con nada cuando aterricemos –dijo—. Pólvora y dinamita. Estallaríamos como una bomba.

—Yo no me preocuparía –le dijo Fenton—. El piloto parece saber lo que hace.

—¿Sí?

—Sí.

El piloto sabía lo que hacía. Voló hacia el norte de Cuba, rodeó la gran isla y entró sobre las Bahamas, luego se dirigió al sur para pasar por encima de la isla Acklins y aproximarse a la provincia de Oriente, la sección más oriental de Cuba. Era una zona de montañas, con una jungla agreste repleta de vegetación en un terreno irregular. Los guerrilleros podían desaparecer en un área así. Castro, con una fuerza de apenas doce hombres, había iniciado su lucha en las montañas de Oriente. Sus doce hombres se habían mantenido con vida, habían recibido refuerzos, hasta que expulsaron a Batista de la isla obligándolo a huir.

Pero el tiempo había hecho sus trucos. Ahora Castro estaba en La Habana, el poder lo había vuelto arrogante, y eran otras las bandas rebeldes que pululaban en las montañas de Oriente. Bandas pequeñas, que se ocultaban y libraban escaramuzas desesperadas.

El avión voló sobre Cuba. Garth ni siquiera vio la pista de aterrizaje hasta que estuvieron casi en el suelo. No entendía cómo se las había arreglado el piloto para encontrarla. Aterrizaron en un claro que habían hecho talando árboles en el minúsculo campo de un granjero. El piloto había apagado el motor bastante tiempo antes. El aire estaba quieto, cálido.

Tres hombres y una mujer corrieron hacia el avión cuando Garth y Fenton descendieron. Los hombres tenían revólveres en la mano; la mujer llevaba un rifle en bandolera. Dos de los hombres empezaron a bajar el cargamento del Cessna. El otro, junto con la mujer, se acercó a Fenton y Garth.

—¿Ustedes son los norteamericanos que mandó el señor Hiraldo? –preguntó el hombre.

—Así es –respondió Fenton. Garth permaneció en silencio, mirando a la mujer. Tendría unos veinticinco años o menos. Llevaba el pelo largo y despeinado; tenía ojos marrón oscuro. Vestía un par de pantalones caqui y una chaqueta militar desgarrada. La ropa no alcanzaba a ocultar la forma de su cuerpo. Sus pechos eran grandes y firmes, sus caderas ideales para parir o para hacer el amor. Garth la contempló y la deseó.

—Me llamo Manuel –dijo el hombre—. Los otros, mis camaradas, no hablan inglés. Yo hablo algo de inglés. Me temo que no hablo bien.

—Lo habla muy bien –dijo Fenton.

—Usted es muy amable. Pero debemos darnos prisa. Hay poco tiempo para cumplidos en las montañas. Hay soldados por todas partes.

Los otros hombres se marcharon a la carrera, con los brazos cargados de armas, municiones y explosivos. Manuel y la mujer avanzaron detrás de ellos, con Garth y Fenton siguiéndolos de cerca. El piloto ya estaba calentando el avión, ansioso por salir corriendo de Cuba.

Garth observó a la muchacha. Atravesó la espesura con espinas clavándosele en la ropa pero sólo podía pensar en ella, en la manera en que caminaba. Vio cómo sus nalgas se movían dentro del pantalón caqui. Se preguntó si llevaba ropa interior.

Iba a poseerla.

Lo sabía, era un hecho. Esa hembra era más ardiente que el infierno, pensó, y él la iba a poner boca arriba aunque fuera lo último que hiciera. Si ella lo aceptaba, todo sería bonito. Si se resistía, maravilloso. Eso lo haría todo más fácil, ¿y por qué escoger el camino difícil?

Pero era decisión de ella. Porque de una manera u otra él la poseería, le gustara a ella o no, más allá de si era la esposa de alguien o la hermana de alguien o la madre de alguien, eso no cambiaba absolutamente nada. Si había que violarla, entonces lo haría. Era cosa de ella.

Los arbustos se hicieron más espesos y Garth los atravesó como un rinoceronte avanzando por las hierbas de la sabana. El tipo que se llamaba Manuel no paraba de dar charla pero Garth no lo escuchaba. Estaba ocupado mirando a la hembra.

Toda una fiesta, pensó. ¡Y por esto le pagarían veinte de los grandes!

LA EMBARCACIÓN LLEVÓ a Turner y Hines a un arrecife de coral que era la barrera natural de una amplia bahía. Allí apareció un hombre con un bote de remos. Turner y Hines se subieron al bote y el remero los dejó en la orilla justo en las afueras de Matanzas.

Matanzas es un puerto comercial en el norte de Cuba, a unos sesenta kilómetros al este de La Habana. Turner sabía bastante castellano como para entender el significado del nombre del lugar. Matanza, pensó. No homicidio, ni asesinato. Matanza. Se preguntó quién sería la víctima de la matanza.

Lo averiguó muy rápido. El hombre subió el bote a tierra y se unió a ellos en la orilla. Pensaba llevarlos a las Cuevas de Bellamar, un conjunto de cavernas de piedra caliza a unos cinco kilómetros de Matanzas. Allí pasarían la noche.

—¡Manos arriba! —La voz que gritó en español era fuerte, aguda. Turner giró y alzó las manos en respuesta a la orden. Había dos hombres altos al otro lado de la carretera, ambos barbudos, ambos uniformados. Uno tenía una pistola.

Cruzaron la carretera al trote, con los ojos brillantes. Hasta allí habían llegado, pensó Turner. Habían entrado ilegalmente y los hombres de Castro ya los habían atrapado.

El hombre del arma de fuego estaba hablando, gesticulando salvajemente, preguntando en un español rápido quiénes eran y qué hacían allí. El cubano que los había llevado en su bote de remos parecía atemorizado. Hines estaba paralizado, con las manos arriba en el aire.

Turner esperó. Tensó los músculos. Miró el arma. Apuntaba a un lugar entre él y Hines. El soldado empezaba a descuidarse.

Turner saltó.

Rodeó con una mano en la muñeca del soldado y le hizo bajar el arma. Con la otra mano formó un puño que impactó con fuerza en un costado de la cabeza del soldado. El hombre se tambaleó hacia atrás, y de pronto todos entraron en acción. Hines y el cubano se lanzaron sobre el otro soldado; lo alcanzaron antes de que tuviera la oportunidad de sacar su arma de la cartuchera. Turner estaba sobre su hombre, golpeándole la cabeza contra la carretera, matándolo a golpes.

Fue breve, y muy sangriento. Un combate conducido en silencio, una batalla de una película muda. Terminó con dos soldados barbudos muertos en la carretera. Turner se incorporó, cansado, con dolor en todos los músculos. Vio que a Hines le sangraba la nariz. El cubano tenía un inmenso verdugón en la frente, otro en una mejilla.

—Esto está mal –dijo en castellano—. Sabrán que hemos estado aquí. Encontrarán a estos hombres muertos y se preguntarán qué ha ocurrido.

—¿No podemos librarnos de los cuerpos?

El cubano pensó un momento. De pronto sonrió.

—Ayúdenme –dijo—. Los llevaré en el bote. Los llevaré lejos, y los lanzaré mar adentro con todos los honores navales.

—¿No se los echará de menos?

El cubano se encogió de hombros.

—Muchos soldados desertan –dijo—. Muchos se marchan del país. Estos serán desertores.

Turner y Hines ayudaron al cubano con los cuerpos. Esperaron en la oscuridad mientras el hombre remaba hacia el mar en su pequeño bote. Pareció que había pasado una eternidad cuando regresó, con el bote ya vacío de cargamento humano.

—Ya está –dijo—. Vámonos. De prisa.

Los llevó hasta Bellamar. Había visitas guiadas en las grutas de piedra caliza, pero los guías dejaban de trabajar a los ocho de la noche y no regresaban hasta las siete de la mañana. Hizo pasar a Hines y Turner a una caverna por un sendero subterráneo. No había luz. Después de un largo recorrido en la oscuridad el cubano encendió una linterna de bolsillo y pudieron ver dónde estaban.

Pasaron la noche en lo profundo de Bellamar, mucho más allá del punto al que los guías llevaban a los turistas. Allí había cuatro hombres más sentados en torno a un fuego sobre el que se cocinaba lentamente una olla de frijoles con chile y arroz. Turner y Hines comieron los frijoles y el arroz y bebieron vino de una jarra. Un cubano de ojos tristes tocaba una guitarra desafinada y cantaba.

Las catacumbas, pensó Turner. Una banda de cristianos dementes ocultándose de los romanos. Tomó un largo trago de vino y recordó la noche antes de abordar la embarcación, la noche en Miami, con los filetes poco hechos y los whiskys Canadian Club y las dos prostitutas. Había sido bueno para el chico, para Hines. Le había sacado parte de la tensión de los ojos. Eso era bueno.

Y había sido bueno para Turner. Primero los filetes, tiras de solomillo de alta calidad recién salidos del asador. Estaban quemados por fuera y crudos en el medio, como siempre tienen que ser los filetes. El Canadian Club había sido útil para bajar la comida, y las chicas llegaron justo cuando terminaron de comer.

Dos chicas. Una era pelirroja y la otra rubia, ¿y qué más daba si las dos habían empezado su vida con el mismo tono de cabello marrón arratonado? Ahora eran una pelirroja y una rubia. La pelirroja era un poco más alta, y los pechos de la rubia eran un poco más grandes, y las dos sabían tanto como cualquiera sobre hacer el amor. Tal vez más.

Empezó como una fiesta, con la botella pasando de boca en boca, con los cuatro sentados en el largo sofá y embriagándose alegremente. Terminó como una orgía, una orgía plena, una manera bastante buena de que Hines perdiera la virginidad. La perdió en el suelo con la rubia casi al mismo tiempo que Turner estaba disfrutando a la pelirroja sobre el sofá.

Luego las habían intercambiado. Y luego las habían vuelto a intercambiar, y en un momento dado Turner observó con distancia clínica cómo la rubia y la pelirroja le hacían el amor a Hines al mismo tiempo, con el joven novicio saltando de una a la otra con notable agilidad, manteniendo a las dos chicas gimiendo y agitándose. Y, puesto que alternar era justo, luego le tocó su propio turno con ambas.

Una buena velada. Una velada valiosa, porque todo el alcohol y la lujuria hicieron que el tiempo quedara atrás, que la muerte y el asesinato y la persecución tomaran un segundo plano ante esos excesos sensuales más inmediatos. Y eso era vital; había que olvidarse del asesinato cada tanto o si no uno se volvía loco.

Homicidio. Asesinato. Masacre. Matanzas.

El vino aceleró la llegada del sueño. Turner se despertó cerca de las seis. Hines lo estaba sacudiendo.

—Se supone que debemos salir de aquí –le estaba diciendo el chico—. Los guías llegan en una hora. Tenemos que marcharnos antes de que empiecen o nos quedaremos atrapados aquí hasta la noche.

Turner se sacudió. Había dormido con la ropa puesta y se sentía sucio. Se sorbió los dientes, tosió, escupió flema. Encontró un cigarrillo arrugado en el bolsillo de la camisa y lo encendió. El humo lo ayudó a despertarse.

Bostezó y se desperezó. Moreno, el guitarrista de ojos tristes de la noche antes, era el único cubano que estaba despierto. Los otros dormían en torno a las cenizas de la hoguera. Turner sabía que todos ellos eran hombres perseguidos. Vivían siempre en cuevas. Moreno sonrió rápidamente y le pasó la jarra de vino a Turner, quien dio un trago largo y luego se la ofreció a Hines. El chico negó con la cabeza y Turner bebió un poco más. Ya estaba despierto. Era hora de seguir camino.

—¿Adónde vamos? –le preguntó a Moreno en español.

—A La Habana.

—¿Cómo? –preguntó—. ¿A pie?

Moreno le respondió en español sencillamente que lo siguieran a él. Los hizo salir de las cavernas. Turner supuso que le habría sido imposible encontrar la salida por su cuenta. Se preguntó cómo lo había logrado Moreno. Todas las cuevas se parecían bastante entre sí.

—Es un movimiento subterráneo –le dijo a Hines—. Aquí no se andan con tonterías. Los movimientos subterráneos viven bajo tierra.

Por fin salieron de las cuevas y Turner echó su primer vistazo a Cuba a la luz del día. El sol brillaba, el cielo estaba desprovisto de nubes. El aire, aunque cálido, era limpio y fresco, en especial después de la atmósfera enrarecida de las cavernas. Se llenó los pulmones, apagó el cigarrillo. Moreno tenía un coche cerca y Turner y Hines se acomodaron en el asiento trasero. Moreno les dijo en español que iba a llevarlos a La Habana.

—¿Así de simple?

Moreno dijo que sí, que nadie los detendría. Los llevaba a la casa de unos miembros del movimiento subterráneo, de la resistencia clandestina, les explicó. La policía no los conocía. Había una habitación en el sótano, una habitación segura, donde Turner y Hines vivirían. Se les daría de comer, tendrían camas. Y desde allí podrían asesinar al bastardo comunista de Castro, el traidor a la revolución, el asesino de mujeres y niños, el cerdo, el ladrón, el hijo de la gran puta, el maricón, el hombre sin cojones…

Todas esas palabras en español salieron en un chorro constante que sonaba como si fuera un discurso preparado y memorizado. Turner no se molestó en escucharlo hasta el final. Era más divertido mirar por la ventana.

La carretera entre Matanzas y La Habana había sido construida varios años atrás y se notaba. Era ancha, y el tráfico avanzaba con fluidez. Turner se dio cuenta de que la mayoría de los vehículos eran viejos. Casi todos modelos norteamericanos, con algún que otro Volkswagen o Renault. El más nuevo que detectó era un Buick de 1958. La carretera corría paralela a la orilla pero a buena distancia de ella. Había plantaciones de cañas de azúcar a ambos lados, campos interrumpidos por alguna gasolinera o por algún restaurante a la vera del asfalto.

Le echó un vistazo a Hines. El chico también miraba por la ventana.

—Es bonito –dijo.

—Pareces sorprendido.

—No es lo que esperaba.

—¿Qué tenías en mente? ¿Armas y alambres de púas?

—Algo así.

Turner se encogió de hombros.

—Yo no sé nada de política –dijo—. No me interesa. Pero he estado en algunos lugares, he hecho algunas cosas. Salía en barco, para transportar cargamento en viajes cortos, subía y bajaba por la costa y el golfo.

—Lo sé.

—Uno conoce gente, marineros. Allí fue que aprendí español. He viajado con cubanos. No se está tan mal aquí, Jim.

—¿Crees que Castro es buena persona?

—Creo que es un cabrón y un hijo de puta. Apenas asumió un poco de poder se le subió a la cabeza. Eso suele suceder. Pero Batista también era un cabrón igual de malo. El hombre de la calle no comía carne y sigue sin comer carne. Hace unos años tenía que arreglárselas con frijoles y arroz y si los obtenía era feliz. Una revolución más tarde y sigue comiendo la misma basura. Ejecutan gente al por mayor y no hay democracia y es fácil encontrar muchas razones para aniquilar a Castro. Pero si le preguntas al hombre de común, a él no le importan esas razones. Está más interesado en comer mejor y en que lo maltraten menos. Y puede relajarse y echar la culpa a los yanquis de todo lo que está mal, porque eso es lo que ha dicho el bocazas de Castro, una y otra vez, hasta el hartazgo. Él supone que Castro y los que lo rodean son comunistas pero también supone que no tiene nada que perder. Así que no busques alambres de púa. Aún no los precisan. El hombre de la calle sigue estando del lado de Castro o, al menos, no está decididamente en su contra.

—¿Y el movimiento clandestino? ¿No son hombres de la calle, Turner?

—No. Tal vez sean rebeldes, tipos listos con unas ganas locas de tener más y mejores cosas. Tal vez quieran el poder ellos mismos. Por todos los diablos, hasta podrían ser criminales o dementes o chiflados o violadores o…

Hines señaló al chofer.

—Olvídalo. No sabe inglés. Ninguno de los que estaban en la cueva sabía inglés.

—¿Cómo lo sabes?

—Les hice una prueba anoche. Les dije que se fueran a su casa y que cayeran muertos. Ni siquiera fruncieron el ceño. Falta poco para que entremos en La Habana. ¿Qué opinas del plan?

—Suena bien.

—¿Sí? Puede ser, no sé. Por lo que yo veo, tenemos una situación bastante peliaguda. Nuestro hombre estará protegido por todos los costados. No sé tú, pero yo quiero salir vivo de ésta. Yo estoy aquí por el dinero.

—Yo estoy aquí para vengarme –dijo Hines—. Pero no hay venganza si te matan en el proceso. ¿Has leído *El barril de amontillado*, de Poe?

—No.

—Oh –dijo Hines—. Es un cuento. Que habla de la venganza. Un tipo encierra a otro en una bodega. Lo encierra vivo, a cal y canto, y lo deja allí. En cualquier caso, una de las frases dice que para que la venganza sea válida uno tiene que salirse con la suya.

—Estoy de acuerdo –dijo Turner—. Pero no creo que podamos encerrar a nuestro hombre en una bodega. ¿Qué tal te defiendes con un arma?

—No lo sé. Jamás he utilizado ninguna.

—¿Ni siquiera en el adiestramiento militar?

Hines se ruborizó.

—Logré evadirme. Presenté una nota de mi médico que decía que mojaba la cama. No es cierto, en realidad, yo sólo…

Turner se rió fuerte.

—Oh, olvídalo –dijo—. Yo era más o menos hábil con un rifle pero ha pasado mucho tiempo desde aquello. Y hay que tener suerte. Habrá una muchedumbre alrededor y tratar de acertarle a Castro será como comprar un billete de lotería. Las oportunidades de ganar son las mismas. Yo había pensado en una bomba.

—¿Una bomba?

—De las caseras, de las que se lanzan. Lo volaremos en pedazos y luego buscaremos la manera de volver a casa. ¿Qué te parece?

—Me parece bien –dijo Hines—. Supongo.

Turner bajó la ventanilla de su lado y lanzó su cigarrillo fuera. Hines dijo algo, algún comentario sin importancia, pero él no se molestó en escuchar ni en contestar. Ya no tenía ganas de hablar. Estaban en las afueras de La Habana, atravesando suburbios de clase media. Turner vio el Castillo del Morro a la derecha, la fortaleza de La Cabaña a la izquierda. Luego apareció el puente, una construcción ancha y moderna encima del estrecho que separaba la Bahía de La Habana del océano.

Y ya estaban en la ciudad.

Era una ciudad, pensó. Podría ser parte de Nueva York o Filadelfia o Charleston o San Diego. No parecía extranjera. Las personas de la calle eran cubanas y los carteles estaban en español, pero había barrios así en todo Estados Unidos: el Harlem hispano en Nueva York, Ybor City en Tampa, Mex Town en San Diego. Por todos los diablos, aquí la edificación se veía un poco más pobre, la gente parecía pasar más necesidades. Pero el Harlem español e Ybor City no eran precisamente el Ritz. Vio a una prostituta ofreciéndose, a un policía mirando para otro lado.

—Oí que Castro había cerrado los burdeles –le dijo a Moreno en español—. Que ilegalizó la prostitución.

—Sigue habiendo prostitutas –respondió Moreno.

—Ya me parecía. Aquella no parecía una monja.

Moreno se encogió de hombros, un gesto inexpresivo.

—Siempre habrá putas –dijo.

—Bueno, gracias a Dios.

—¿Quiere conocer a alguna chica?

Turner se rió.

—No –dijo—, sólo estoy disfrutando del paisaje. ¿Falta mucho para ese lugar al que vamos?

No faltaba mucho. Moreno giró en la Avenida de Sangre y estacionó junto al cordón. *Avenida de sangre*, pensó Turner. *Y Matanzas. Por todos los cielos.*

La casa donde los llevó Moreno era una vivienda de dos pisos. Le hacía falta pintura. Había una galería en el frente, donde un viejo se hamacaba en silencio, con un delgado cigarro negro en los labios. El viejo levantó los ojos con expresión adormilada, luego miró para otro lado.

—Es un anciano tranquilo –dijo Moreno—. Lo llaman «El Viejo». No tiene dientes, es inofensivo, ¿verdad? Fíjense que tiene la mano metida en la chaqueta. En la mano lleva un arma. Me conoce. Si no les habría disparado antes de que pudieran entrar a la casa.

—Estoy impresionado –dijo Turner.

La puerta se abrió. Una mujer, corpulenta e imponente, les sonrió con expresión amable. Dio un paso atrás, murmuró algunas palabras de cortesía y los hizo pasar. Su pelo era del color de un traje de franela gris. Una delgada cicatriz le surcaba el rostro desde una comisura de la boca y se detenía a mitad de camino del ojo. A Turner le pareció que debía de haber sido causada por un cuchillo. Moreno la presentó como señora Luchar. Ella volvió a balbucear palabras amables y se marchó a buscar café. Volvió con una bandeja de tazas de café expreso, que eran pequeñas sin ser delicadas. El café era muy espeso, muy caliente, muy negro. A Turner le gustó.

Moreno terminó su taza y se fue. Tardó mucho en terminarla y mucho más en irse. No dejaba de hablar en español con la mujer, diciéndole lo importante que eran los dos norteamericanos para la tarea, pidiéndole que les proporcionara toda la ayuda posible. La mujer –la señora Luchar— lo escuchó sin expresión alguna. Por fin Moreno se marchó. La señora Luchar lo siguió hasta la puerta, le pasó el cerrojo y lo observó irse en su vehículo.

—Un momento, señora… —dijo Turner en español.

Ella se giró hacia él.

—Hablemos en inglés –dijo animadamente—. Su español es imposible de descifrar. ¿Qué necesita?

—Eh…

—Moreno es un tonto –dijo ella—. Un tonto útil, pero de todas maneras un tonto. ¿Usted no sabía que yo hablaba inglés? Viví cinco años en Miami. Exilio político. Mi familia no se llevaba bien con Batista. Sus hombres le arrancaron las uñas a mi padre. Le cortaron los testículos, le sacaron los ojos, violaron a mi madre y le cortaron la garganta. A mí también me violaron, pero luego me dejaron marcharme.

—¿Y ahora quiere matar a Castro?

—No me gustan los dictadores. Fascistas o marxistas, no me gustan los dictadores. Ustedes dormirán en la bodega. ¿Quieren ver su cuarto? Síganme.

La siguieron.

CUATRO

26 DE JULIO de 1953.

Después de que los tribunales de Batista hicieran caso omiso de sus denuncias, y con la libertad de expresión y de prensa reprimidas por la fuerza en todo el territorio de Cuba, Fidel Castro llegó a la conclusión de que sólo la revolución resolvería lo que más estaba en juego: la cuestión de la libertad. Empezó reuniéndose con amigos en un apartamento en el distrito Vedado de La Habana, donde planearon una operación militar que alzaría a la gente común y corriente de Cuba y encendería una revuelta que obligaría a Fulgencio Batista a huir de la isla.

Los revolucionarios eran poco numerosos, una diminuta banda de idealistas y héroes y, según dicen algunos, comunistas. El embajador William Pauley ha declarado en el programa televisivo Jack Paar Show que oyó a Castro, muy al principio de su campaña, proclamar que cuando la revolución se produjera sería comunista. El capital que tenían a su disposición era mínimo. Los mismos integrantes hipotecaron sus hogares, vendieron sus muebles, empeñaron sus relojes y las joyas de sus mujeres, aportaron todo lo que poseían para reunir la mayor cantidad de dinero posible y entregárselo a Castro. Se armaron con pistolas y cuchillos; algunos llevaban rifles y escopetas. No tenían granadas ni ninguna otra clase de explosivos. Eran, en total, ciento setenta hombres. Su objetivo inicial era el cuartel Moncada, en Santiago, una fortaleza donde se acuartelaban unos mil quinientos soldados armados.

Castro se trasladó a Santiago en automóvil y se alojó en la casa de un amigo en el centro de la ciudad. El 25 de julio, se sumaron más revolucionarios que empezaron a dirigirse hacia el este y a converger en la ciudad. Fidel se reunió con ellos a las diez de la noche, para coordinar el ataque y sincronizar los planes.

El ataque comenzó a la mañana siguiente. Los revolucionarios avanzaron por Santiago en grupos. Se envió un grupo a capturar la emisora de radio, con el objeto de convocar al pueblo de Santiago a que se uniera en la revuelta y se alzara en armas contra el gobierno. Otro grupo intentó ocupar el hospital de Santiago, para asistir a los heridos de ambos bandos. El grupo principal lanzó una ofensiva contra el cuartel.

Pero el alzamiento, concebido noblemente y ejecutado de manera temeraria, fue aplastado casi de inmediato. La bandita de Castro era poco numerosa y tenía equipamiento insuficiente. No consiguieron ocupar la emisora, y por lo tanto la mayor parte de los ciudadanos no se enteraron de que estaba produciéndose una revolución hasta que ya había sido sofocada.

En Moncada, los seguidores de Castro combatieron denodadamente a pesar de las mínimas probabilidades de triunfo, pero la diferencia de número era demasiado grande como para que pudieran causar un impacto considerable. El ejército de Batista retuvo el cuartel y los rebeldes tuvieron que dispersarse para salvar la vida.

Muchos murieron en los combates. Otros, capturados, jamás llegaron a la cárcel; fueron ejecutados en el lugar por las tropas de Batista. El mismo Fidel, y Raúl, su hermano menor, se salvaron de una ejecución por los pelos. Gracias a que el oficial que lo capturó había sido compañero de estudios de Fidel en La Habana, lo entregaron a las autoridades civiles en lugar de ajusticiarlo de inmediato.

Castro se encargó de su propia defensa en el juicio celebrado ese septiembre. Declaró en los tribunales que al abogado designado por el Colegio de Abogados de La Habana no le habían permitido visitarlo en la cárcel, y que a él mismo se le había negado acceso a documentos importantes para su defensa. Aún así, pronunció un alegato apasionado y elocuente, donde denunció los excesos del régimen de Batista, presentó sus proyectos de reforma, criticó la desigualdad y la opresión que percibía en toda Cuba. Su defensa, condenada desde el comienzo, puesto que el tribunal estaba en manos de Batista, no tuvo éxito. Habría sido imposible.

Pero el discurso sí lo tuvo. El pueblo prestó atención a ese hombre alto de voz firme. Personas que jamás habían oído hablar de Castro empezaron a verlo como un líder. El juicio, organizado por Batista para acabar para siempre con la resistencia, tuvo el efecto opuesto. Aumentó la popularidad de Castro. Y el mismo Fidel percibió con mayor seguridad algo que ya había descubierto en la Universidad de La Habana: cuando él hablaba, los cubanos escuchaban.

«Termino mi defensa», dijo ante el tribunal. «Pero no lo haré como hacen siempre todos los letrados, pidiendo la libertad del defendido; no puedo pedirla cuando mis compañeros están sufriendo ya en Isla de Pinos ignominiosa prisión. Enviadme junto a ellos a compartir su suerte. Es inconcebible que los hombres honrados estén muertos o presos en una república donde está de presidente un criminal y un ladrón.

»En cuanto a mí, sé que la cárcel será dura como no la ha sido nunca para nadie, preñada de amenazas, de ruin y cobarde ensañamiento, pero no la temo, como no temo la furia del tirano miserable que arrancó la vida a setenta hermanos míos. Condenadme, no importa. La historia me absolverá.»

Tal vez los jueces quedaran impresionados; tal vez no; no hay manera de saberlo. Pero, más allá de si la historia absolvería o no a Fidel Castro, ellos no tenían ninguna intención de hacerlo. Fue sentenciado a quince años de prisión en la Isla de Pinos.

La cárcel puede ser un final o un principio. Fidel no pensaba perder el tiempo que pasaría en la Isla de Pinos. Junto a Raúl y otros camaradas de armas, impuso una estricta disciplina revolucionaria, cantó epopeyas de rebelión e hizo planes para el futuro. Organizó una escuela en la cárcel, donde impartió clases de historia y filosofía a los presos. Ya se había acostumbrado al apoyo y a las ovaciones de sus seguidores, y los necesitaba. Llegaba a extremos imposibles para servir a esas personas que, según pensaba, contaban con él.

Pero sus actividades en la cárcel molestaron al gobierno. Lo aislaron de una manera equivalente a la de un confinamiento en solitario. Aún así, el joven de Oriente se negaba a perder el tiempo. Leía todo el tiempo, abalanzándose sobre cualquier libro que pudiera conseguir sobre la historia cubana y la antigua lucha por la independencia de su país. Mientras tanto esperaba el momento de su liberación y planeaba el ascenso al poder.

No fue hasta mayo de 1955 que Batista cedió a las presiones internacionales y otorgó la amnistía a los presos políticos de la Isla de Pinos. Por fin, Castro fue liberado y, junto a Raúl, regresó a La Habana en barco. Se preparó para volver a entrar en política. Batista intentaba mantener una apariencia de honestidad y llamó a elecciones, aunque sujetando las riendas con la misma firmeza de siempre, y algunos amigos de Fidel supusieron que ahora éste podría llegar al poder por medios legales. Pero Castro sabía que no era así.

Trató de dar discursos, pero se encontró con que la radio estaba cerrada para él. Mandó cartas a los periódicos, que jamás se publicaron. En toda Cuba no veía otra cosa que represión, nada que no fuera dirigido por el dictador. Y llegó de nuevo a la conclusión de que había tenido razón desde el principio: la revolución era el único método de librar a Cuba de la dictadura.

Se marchó a México. Su esposa, hermana de un fervoroso seguidor de Batista, ya lo había abandonado; en ese momento se divorció de él. No tenía dinero y disponía de muy poco apoyo, más allá de su imagen que ardía en los corazones de los cubanos callados. Conoció a un hombre llamado Bayo que había comandado guerrillas en la guerra civil española y lo convenció de que lo ayudara a entrenar un ejército rebelde. Recorrió la América hispana, llegó hasta Estados Unidos, tratando de reunir dinero y fuerzas.

Había fracasado una vez, en el ataque de Moncada. No tenía intención de fracasar nuevamente.

CINCO

EARL FENTON ESTABA sentado con la espalda contra un pino y su Sten sobre las rodillas. Estaba quieto, muy quieto, deseando un cigarrillo. Un tubito de papel lleno de tabaco enrollado, una cosita de tabaco y papel que pudiera encenderse con un fósforo y fumarse rápido. Imaginó el fuerte latigazo de un humo picante aspirado con fuerza hacia sus pulmones enfermos. Lo saboreó y lo sintió.

Había un paquete de cigarrillos en el bolsillo de su chaqueta de combate. También había fósforos. Lo único que tenía que hacer era coger un cigarrillo, raspar un fósforo, juntar ambas cosas y fumar. Pero uno no fumaba cuando había castristas a menos de cuarenta metros de distancia. Uno no exhalaba nubecitas grises que delataran su posición. En cambio, uno apoyaba la espalda contra el tronco de un árbol y acomodaba el arma sobre las rodillas. Y esperaba.

Los soldados –cinco, quizás seis— se encontraban en un recodo de la carretera al otro lado de un espeso matorral. Habían llegado en un jeep ruidoso, con los cambios en mal estado, y estaban buscando rebeldes. Fenton no alcanzaba a verlos desde donde estaba, pero ya los había vislumbrado antes, uno con una barba tupida, al estilo Fidel, un joven y cuidadosamente afeitado, un chofer con gafas de sol opacas, dos o tres más. Le habría sido muy fácil dar uno o dos pasos y utilizar el Sten. Habría acertado a uno, a dos, quizás a tres, antes de que le dispararan.

Pero eso no bastaba. Manuel, el líder del grupo, lo había explicado. Si uno mataba a tres hombres y luego uno también moría, salía perdiendo. Además no sabían si los soldados estaban buscando a estos rebeldes en particular. Tal vez alguien les había dado información sobre ellos, tal vez no.

—Primero debemos sobrevivir –había dicho Manuel—. Ellos son muchos, nosotros pocos. Arriesgar la vida no es ser un héroe. Es suficiente con estar aquí para serlo. Ellos pueden darse el lujo de perder cincuenta, cien, quinientos hombres. Si matan a uno solo de nosotros, es una gran pérdida.

De modo que la autoprotección era lo primero. No se moverían hasta que los soldados lo hicieran necesario. Esperarían en silencio y si los castristas se marchaban, mucho mejor. Su tarea consistía en matar a Castro, no a sus seguidores. Para eso les pagaban. Incluso los cubanos que los acompañaban se daban cuenta de la sensatez de esa idea.

Fenton inhaló superficialmente y pensó en cigarrillos. ¿Cuánto tiempo había pasado? ¿Dos días, cinco? Más o menos eso, y él no podía estar seguro de la hora, no podía saber qué hora era porque el tiempo transcurría de manera diferente en ese sitio. No se medía en turnos de ocho horas como en el Metropolitan Bank de Lynnbrook. Era complicado.

El tiempo. Fenton miró a Garth, su gran masa acuclillada a la sombra de árboles torcidos y de hojas de color claro. Garth también tenía un subfusil Sten. Había matado antes,

Fenton lo sabía. Y ahora él, Fenton, también era un asesino. Antes se habían topado con castristas y Fenton había matado, había gritado mientras disparaba balas a los gritos metiéndolas en cuerpos. Todavía recordaba nítidamente la manera en que el Sten había corcoveado en sus manos como un caballo salvaje, hasta que finalmente los hombres habían caído con las balas dentro de la carne. Y, por Dios, Fenton había sobrevivido. Fenton, Earl Fenton, un moribundo...

Pasos. Oyó movimiento, los soldados revisando con los rifles la maleza que estaba al costado de la carretera, preparándose para avanzar. Sería en cualquier momento. Miró a Garth y luego a Manuel, sereno e intenso y alerta. Luego a Taco Sardo, el chico de dieciséis años que sólo hablaba español y que en realidad casi nunca decía nada. Y luego la chica, María, a la que Garth molestaba constantemente, la chica callada y de ojos meditabundos que acusaba al mundo con su mirada muda. Qué raro que se llamara María. Como la chica en la novela de Hemingway, la novela sobre el puente. No se parecía en nada a la María de la ficción. Sin embargo su aspecto exterior era similar.

Más pasos. Vio que Garth se incorporaba, vio que María levantaba el arma y se preparaba. Manuel avanzaba hacia una posición más ventajosa y Taco lo seguía. Fenton conocía el procedimiento. Manuel dispararía el primer tiro si el explorador se acercaba demasiado, y luego seguirían los demás. Manuel esperaría el momento justo.

La tensión le inundaba los abrazos y las piernas, una tensión y una emoción que se extendían a través de las células como el cáncer se le había extendido en los pulmones. Fenton se puso de pie en silencio, se arrastró hacia delante, se apoyó en una roca y se asomó por encima. Ya los veía. Eran seis. Tres removían la maleza como idiotas. El barbudo miraba en otra dirección con ayuda de unos prismáticos.

El chofer de las gafas oscuras estaba al volante del jeep. Un sexto estaba en cuclillas en la carretera. Atándose los zapatos.

Lenta, silenciosamente, los rebeldes se acercaron. La brecha se redujo diez metro, luego quince. El subfusil Sten, más allá de su conveniencia, era poco útil en las distancias largas. Servía más de cerca.

Fenton se detuvo, se agachó y se apoyó sobre una sola rodilla. Fijó la mira en el chofer, el de las gafas de sol. Había que acertarle a la primera, decidió Fenton. Si no pisaría el acelerador y se escaparía. ¿Por qué dejar que se escape?

El hombre de la carretera terminó de atarse los cordones de los zapatos. Se incorporó y giró hacia el jeep. Luego algo lo hizo detenerse y volvió a girar, con los ojos mirando de un lado a otro como los de un gorrión. Había detectado movimiento en los arbustos y se lanzó hacia delante, con el arma lista.

Manuel le disparó en el pecho.

Entonces estalló el infierno. Fenton presionó el gatillo y dejó que el subfusil Sten saltara y parloteara en sus manos. La primera andanada fue demasiado abierta e hizo trizas el parabrisas del jeep, pero la segunda le arrancó la mitad de la cabeza al chofer. El hombre se desplomó sobre el volante y murió. Garth y Maria habían taladrado a dos de los soldados sobre sus pasos. El barbudo y otro estaban detrás del jeep, devolviendo el fuego.

Fenton disparó otra andanada sobre el vehículo, esperando acertar el tanque de gasolina. Erró. Una bala le silbó encima de la cabeza y él se lanzó sobre el suelo cuando largo era, aferrando con fuerza el alma. Taco Sardo se encontraba cerca, a su izquierda. Intentaba avanzar en un círculo, acercarse a los dos castristas desde el costado. María se arrastraba en la dirección opuesta. Fenton se dio cuenta de que era un movimiento de pinzas. Un espontáneo, intuitivo movimiento de pinzas, practicado individualmente, en lugar de con regimientos o batallones.

Oyó una respiración agitada a su lado. Era Garth acercándose, con la cara roja por la excitación del combate, los ojos estúpidos pero decididos. Fenton metió un nuevo cargador en la recámara de su arma y disparó varias veces más al tanque de gasolina del jeep. Vio a Taco a la izquierda, luego oyó un disparo veloz y agudo de un rifle que provenía de la parte trasera del jeep. Taco cayó, gimiendo, aferrándose la pierna. A continuación oyó un subfusil Sten, un subfusil Sten que respondía al fuego. Era María, en el extremo derecho, sorprendiendo a los dos soldados con plomo caliente. Uno murió con una bala en la garganta. El otro, el de la barba, arrojó su rifle y extendió las manos hacia el cielo.

Entonces se acercaron todos. Para esto también hacía falta velocidad, tácticas de guerrilla, capacidad de decisión rápida. Manuel y Fenton revisaron a cada soldado uno por uno, asegurándose de que los cinco cuerpos en el suelo fueran cadáveres. María apuntaba al barbudo con su arma. Garth fue a examinar a Taco, luego regresó.

—El chico está bien –le dijo a Manuel—. Le dieron en la pierna. No sangra mucho y el hueso está sano. Yo puedo cargarlo ahora y mañana ya podrá caminar.

Manuel asintió con un movimiento breve de la cabeza. El soldado de barba estaba hablando, rogando por su vida. No parecía nada asustado. Tenía una voz calmada, racional. Había gotitas de transpiración en su frente pero ésa era la única señal de preocupación.

—Pide que lo dejemos vivir –dijo Manuel en inglés—. Dice que no nos causará problemas. Dice que no lo matemos.

El barbudo volvió a hablar.

—Dice que una muerte más no logrará nada –tradujo Manuel—. Y deberíamos dejarlo vivo. Así puede volver a matarnos a todos.

El soldado barbudo empezó a protestar; evidentemente entendía inglés. Los ojos de Manuel se endurecieron. Bajó el subfusil Sten, sacó una pistola de su cartuchera. El soldado ensanchó los ojos y abrió la boca.

Con toda deliberación, Manuel puso el cañón de la pistola en la frente del soldado y esparció su cerebro sobre el tronco del árbol.

Apilaron los seis cuerpos sobre el jeep. Había un recipiente de gasolina en el maletero. Fenton desenroscó la tapa y vertió la gasolina sobre los cuerpos y sobre el vehículo. Retrocedió un paso, sacó un cigarrillo, encendió un fósforo. Le dio dos largas caladas al cigarrillo y lanzó la colilla debajo del jeep. Así era más seguro, más fácil que lanzar un fósforo. La gasolina se encendió con un rugido y el jeep se convirtió en una lámina de llamas.

Se fueron de prisa. Recogieron armas y municiones. Garth se puso a Taco al hombro como un saco de ropa sucia y los demás lo siguieron hacia el bosque. Fenton se ubicó en retaguardia, con el corazón aún latiéndole con fuerza, la excitación una fuerza todavía viva.

Otra victoria. Seis hombres muertos esta vez, seis cadáveres horneándose en un jeep ardiente. Era sangriento, el insulto supremo a un cadáver, pero sabía que había sido necesario.

Fenton caminó y la muerte caminó a su lado. La muerte siempre lo acompañaba, un delgado dolor en el pecho que siempre estaba cerca y a mano. Y era extraño tener a la muerte de acompañante. Antes, cuando vivía sin temer a la muerte, sin una anticipación segura del fin, había bastado con vivir, con existir, con seguir adelante.

Ahora era diferente. Disfrutaba de matar y matar y matar. Era la única manera de probar que seguía vivo.

ERA JUEVES A la noche y Garrison estaba cenando en el mejor restaurante de La Habana. El restaurante era Le Vendome, en la calle Calzado, y la comida era francesa. Garrison pidió almejas al horno, filete chateaubriand y una botella pequeña de Bordeaux Rouge. Rechazó el postre y tomó coñac con el café.

Cuando terminó pagó la cuenta, dejó una propina y salió del restaurante. Tenía un aspecto atildado y veraniego con su traje de pana. Llevaba una corbata cuidadosamente anudada, los zapatos lustrados. Caminaba con un paso fácil y confiado. Una vez fuera, dejó que el portero le pidiera un taxi, le metió una moneda en la mano, se instaló en el asiento y le dijo al chofer que lo dejara en el Nacional. Era su hotel, el más antiguo de la ciudad y uno de los mejores, con aire acondicionado en todas las habitaciones, buen servicio, bares y una piscina y una discoteca y un club nocturno y un casino. A los turistas todavía se les permitía hacer apuestas en la Cuba de Castro, pero los ciudadanos cubanos lo tenían prohibido. Eso le pareció divertido a Garrison.

Se bajó del taxi en el Nacional, le dio una propina al taxista, entró en el lobby y tomó el ascensor hasta su habitación. Una vez dentro, con la puerta cerrada con llave y cerrojo, examinó rápidamente la habitación. Notó, divertido, que la habían vuelto a revisar. Y que esta vez tampoco habían logrado encontrar ninguna de las armas. El rifle seguía en el colchón; Garrison le había hecho un tajo a la funda, había insertado el arma en el cutí y había vuelto a coserlo. La Beretta seguía dentro del televisor, donde la había dejado. Ni siquiera interfería con la operación del aparato. A él le daba igual; jamás se había molestado en encenderlo. Lo único que pasaban eran discursos de Fidel, y no era difícil cansarse de ellos. Decía lo mismo todo el tiempo y siempre se tomaba seis horas.

Garrison se desvistió, entró en el cuarto de baño y ajustó el chorro de la ducha. Se duchó rápidamente, se afeitó, se recortó el bigote. Luego se estiró sobre la cama y cerró los ojos.

Ésa era la manera fácil. Se preguntó dónde estaba los otros, Fenton y Turner y Garth y Hines. Probablemente apiñados en un cuarto sucio y pequeño con un grupo de cubanos mugrientos balbuceándoles cosas. Esto era mucho más sencillo. El método directo, rápido y fácil.

Había tenido que entrar en Cuba ilegalmente, con la lancha de Di Angelo. Eso había sido bastante fácil. Y después estaba ese astuto cubano viejo de la avenida Blanca, cuyos datos le había pasado un contacto de Nueva Orleans. No hacía falta pasaporte ni visado para permanecer en Cuba. Lo único que se necesitaba era un documento de identidad que entregaban cuando uno se bajaba del barco. Y aquel viejito le había dado uno que era idéntico al original. Y ni siquiera eso hacía falta cuando uno estaba en Cuba; nadie lo pedía. Pero había que tenerlo para salir del país. Y Garrison planeaba salir del país el día que Castro muriera.

Abrió los ojos. Sonrió, miró el techo, volvió a cerrarlos. La manera sencilla. Él era un ejecutivo norteamericano de vacaciones, un agente inmobiliario que en ocasiones tomaba un taxi para mirar alguna propiedad. Se alojaba en uno de los mejores hoteles, comía en buenos restaurantes, dejaba propinas quizá un poco excesivas, bebía un poco de más, y no hablaba ni una maldita palabra de español. Nada más lejos de un asesino, o un agente secreto, o algo de esa clase. Le revisaban la habitación, desde luego, pero ocurría con frecuencia en todos los países latinoamericanos. Era un tema formal. En realidad, lo tranquilizaba, porque revisaban con tanta torpeza que sabía que no le temían. De otra manera se esforzarían en ser más sutiles.

La manera sencilla. Se incorporó, desnudo y fibroso, y se acercó a la ventana. Se había asegurado de escoger una habitación que diera a la plaza de la República, un pequeño parque que rodeaba el Palacio de Justicia. Se hacían desfiles encabezados por Fidel que subían hasta esa plaza por una ancha avenida. Luego Fidel hablaba, arengando imparable y magnífico desde los escalones del palacio. Garrison alcanzaba a ver esos escalones desde su ventana.

Con el rifle adecuadamente colocado sobre el alféizar, podía meterle una bala a Fidel en la boca abierta.

Corrió las cortinas y volvió a la cama. Tal vez ni siquiera tendría que usar el arma, pensó. Tal vez uno de los cuatro idiotas –Turner o Hines o Garth o Fenton, donde diablos fuera que se encontraban— le ahorrarían la molestia. No tenía prisa. Si alguno de los otros mataba a Fidel, para él estaba bien. Obtendría sus veinte mil de todas maneras, sin correr el riesgo y sin trabajar. Si no, instalaría el arma y apretaría el gatillo. Luego desarmaría el rifle y lo guardaría en la habitación antes de que Fidel supiera que estaba muerto. La Beretta podía permanecer donde estaba, en el televisor. Y él tomaría el siguiente barco hasta el continente.

Se oyó un golpe en la puerta. Suspiró y se apoyó en un codo.

—¿Quién es?

—Estrella. Déjame entrar, Arper.

El nombre en su documento de identidad era John Harper, un nombre bastante sencillo que empezaba con la única letra que Estrella no podía pronunciar. Se puso de pie, se cubrió la mitad del cuerpo con una toalla y le abrió la puerta. Ella entró.

Era muy joven y muy hermosa. Tenía una cintura diminuta, pechos y caderas firmes, una boca que era un capullo de rosa y ojos marrón oscuro en los que un hombre podía perderse. Era una prostituta; Garrison había logrado ligársela sin demasiado esfuerzo una noche en el bar del hotel. Luego empezó a venir a su habitación todas las noches. A veces le decía que estaba enamorada de él. Otras no decía ni una palabra, se limitaba a hacerle el amor en un fogoso silencio.

Ella le acarició suavemente el pecho.

—Te has bañado –dijo—. Ustedes los yanquis se bañan una vez por minuto. Te bañas demasiado, Arper.

—Y tú no te bañas lo suficiente.

Ella hizo un mohín.

—¿No te gusta mi olor?

Él le cogió las tensas nalgas con las manos y la acercó hacia su cuerpo. Le llevaba al menos una cabeza. Bajó la cara e inhaló la fragancia dulce y animal que se elevaba entre los pechos de ella.

—Me gusta tu olor –dijo—. Hueles a sexo. Hueles a que quieres meterte en la cama.

—¿Y tú? ¿No querer?

—Yo querer, Estrella.

—Te burlas de mi manera de hablar. ¿Yo no hablar bien inglés?

—Hablas como una cotorra. Ven aquí, Estrella.

Ella volvió a hundirse en brazos de él y él la cogió con fuerza. Llevaba un delgado vestido de algodón y nada debajo. Él sintió el calor de ese cuerpo a través de la fina tela. Ella se retorció contra él, y sus manos encontraron la toalla que llevaba en la cintura.

—No necesitas la toalla, Arper.

—Tienes razón.

—Bien –dijo ella. La toalla cayó al suelo y ella retrocedió, lo miró, sonrió—. Estás desnudo –dijo—. Te quiero, Arper. Te quiero, cabrón.

Él extendió los brazos hacia ella, la cogió. Ella chilló de deleite cuando él la levantó en el aire y la arrojó sobre la cama. Luego se ubicó en la cama al lado de ella, con las manos ocupadas en el vestido blanco de algodón. Ella se rió, le apartó las manos juguetonamente. Él la agarró y la besó. Le metió la lengua entre los labios y de pronto ella lanzó un gemido fuerte; todo el espíritu de juego se convirtió instantáneamente en pasión y ella apretó su cuerpo contra el de él, besándolo y abrazándolo con fuerza.

Con ayuda de él, ella se quitó el vestido. Él le recorrió el cuerpo con las manos, acariciando el sedoso lujo de esa piel perfecta, frotando el estómago ligeramente redondeado, cubriéndole los pechos llenos y tensos en su feminidad, luego besándole los pezones erectos mientras ella se retorcía lujuriosamente en la cama. Decía «Arper, Arper, Arper», repitiendo una y otra vez un nombre que en realidad no era real.

No había ningún componente temporal, ningún sentido de espacio. La realidad había quedado momentáneamente suspendida. Más aún: la realidad sólo consistía en Garrison y la chica, en el encuentro de los cuerpos. Hubo un instante de ironía cuando él volvió a darse cuenta de que estaban haciendo el amor encima de un rifle de alta potencia, pero el pensamiento quedó sumergido en una oleada de pasión.

Luego él se ubicó boca arriba y miró el techo sin mirarlo, esperando que los latidos del corazón recuperaran su ritmo normal. Respiró profundo, cerró los ojos, volvió a abrirlos. Se giró y vio a ella a su lado, observándolo. Era como una gata junto a la chimenea, como un niño en postura fetal. Se veía hermosa.

—Arper –dijo ella, mientras su cuerpo desnudo y reluciente se arqueaba hacia él.

—¿Mmmm?

—¿Cuándo vuelves a Estados Unidos?

—Esta noche no. Esta noche estaré ocupado.

—No bromees. ¿Cuándo vuelves?

—No lo sé. Falta un tiempo.

—Cuando te vayas –dijo ella en voz baja—, me llevas contigo, ¿no?

—No.

—¿Por qué no?

«Porque soy un asesino», pensó. «Los asesinos profesionales no llevan putitas bonitas en el equipaje. Viajan ligero».

—Arper. ¿Estás casado, Arper?

Era una mentira conveniente, pero él la desechó. Negó con la cabeza.

—¿Entonces por qué no me llevas contigo? Te quiero, Arper. Y tú me quieres. Me he metido en tu sangre.

—Y yo me he metido en tu…

—No digas guarradas. ¿Por qué no, Arper?

—Tengo sueño –dijo él—. Quédate aquí esta noche. Hablaremos de esto mañana a la mañana. Ahora quiero dormir.

—¿Quieres que me quede esta noche?

—Sí.

—¿Y cuando te vayas de Cuba me llevarás contigo?

—Tal vez –dijo él—. Ya veremos.

Eso pareció contentarla. Él vio cómo cerraba los ojos y se quedaba dormida casi de inmediato, como el animalito satisfecho que era. Él no logró dormirse tan rápido. Giró hacia un costado, encontró un paquete de cigarrillos, fumó uno en la penumbra. Observó cómo la punta del cigarrillo resplandecía de vida cuando él le daba una calada. Cuando terminó, lo apagó en el cenicero de la mesilla de noche, y volvió a cerrar los ojos. Pero el sueño se negaba a aparecer.

¿Llevarla a Estados Unidos? Era una idea simpática, ¿verdad? Por Dios, pensó, no es más que una mujerzuela y en La Habana hay un millón de putas como ella. Y todas dicen que te aman. ¿Entonces por qué tendría que llevarse a ésta a su país? Como un botín de guerra, pensó. Un condenado botín de guerra. No era más que una mujerzuela, tal vez un poco mejor que la mayoría, pero de todas maneras nada especial. ¿Entonces por qué no la obligaba a marcharse y se libraba de ella antes de que se interpusiera en sus cosas? ¿Por qué no?

Y lo peor de todo era que a él no le gustaba que lo llamara «Arper». Habría deseado que lo llamara «Ray».

UNA TARDE SECA, calurosa, lenta. María estaba sentada junto a las cenizas de la hoguera apagada. Limpiaba su subfusil Sten. Había que ser tonto para dejar que un arma se ensuciara. Una vez había visto un tonto semejante, con un arma sucia. Los habían atacado unos hombres de Castro, y uno de los hombres había disparado. El arma le había estallado en la cara, se la había desintegrado.

Ella siguió limpiando el arma, canturreando en voz baja para sus adentros. Estaba distraída con sus pensamientos y no oyó a Garth hasta que lo tuvo a su lado.

En ese momento se giró. Ese grandulón la asustaba; dos veces le había puesto las manos encima, la había molestado.

—Sé amable conmigo –le dijo él—. Sé amable y nos lo pasaremos bien.

Ella no entendió las palabras; eran en inglés y ella no sabía ese idioma. Pero el significado era bastante claro, aunque las palabras fueran ininteligibles. Él la deseaba.

Ella trató de ponerse de pie. Pero él le puso sus grandes manos sobre los hombros y la empujó. Ella cayó y él se arrojó a su lado. María percibió el fuerte olor animal de su sudor. No era un hombre, este Garth. Era un cerdo.

María lo insultó en español y él sonrió, sin entender las palabras. Extendió una inmensa garra que se cerró en torno a uno de los pechos de ella. Apretó y ella se retorció de terror. La estaba lastimando.

—Tú y yo –dijo él—. Vamos a divertirnos.

Se subió encima de ella, lanzándole el aliento a la cara. Ella sintió que una de sus manos se le metía entre los muslos y la tocaba. Ella se agitó, consiguió liberar una de sus propias manos y le abofeteó el rostro. Él no hizo más que lanzarle una mirada lasciva.

Ella percibió el calor que crecía dentro de él, notó que respiraba más rápido. Se quedó allí acostada, debatiéndose, esperando que empezara la violación. Sabía que él era más fuerte y que no podría resistirse. Las manos de él estaban ocupadas en sus pechos llenos y firmes, en su ingle. Ella habría gritado, pero nadie la habría oído.

Él podría haberla violado, pero no lo hizo. Se oyeron sonidos de hombres que se acercaban, sonidos del resto del grupo que regresaba al campamento. Él se detuvo, escuchó, gruñó.

—Tenemos compañía –dijo—. En otro momento, cariño. Pronto. Tenemos que terminar esto, tú y yo.

—Te mataré –respondió ella en español—. Te mataré. Te pegaré un tiro y te veré morir.

ESA NOCHE MARÍA habló con Manuel. En español, le dijo:

—Ese tal Garth no deja de molestarme. Hoy me puso las manos encima. Varias veces.

—Tú no tienes hombre –dijo Manuel—. Él quiere serlo.

—No quiero ningún hombre.

—No es normal –dijo Manuel—. Una mujer sin hombre.

—No quiero ninguno. Y si lo quisiera, no sería Garth.

Manuel se encogió de hombros en un gesto expresivo.

—Si escogieras a otro, tal vez Garth dejaría de molestarte.

—No puedo. Ningún hombre. Tú sabes lo que ocurrió.

Lo que ocurrió era simple. Cuatro meses antes María había tenido a un hombre, un marido. Ella y su hombre combatían en las montañas con Manuel. Entonces un día una patrulla de castristas los atrapó a ambos. Los castristas eran cuatro. Primero mataron al marido de María disparándole en la cabeza con una ametralladora hasta desintegrársela. Esa imagen jamás se iría de la mente de María, la imagen de Carlos tumbado boca arriba en la tierra con un cuerpo que terminaba en el cuello, y sangre por todas partes.

Y luego la habían violado. Los cuatro la tomaron por turno, y si bien no le servía de nada resistirse, se resistió de todas maneras. Le dio un rodillazo a un soldado en la ingle y trató de arrancarle los ojos a otro. Para castigarla, los cuatro le quemaron los pechos con un cigarro cuando habían terminado con ella. No la mataron. La dejaron en el camino, viva pero dolorida y asustada, como ejemplo para los demás. Y para añadir un efecto dramático le pusieron el cuerpo de Carlos encima y los ataron juntos.

Aún tenía en los pechos las cicatrices de las quemaduras del cigarro. Y no quería a ningún hombre, a ninguno.

—Si este Garth me molesta –dijo desapasionadamente—, lo mataré.

—Eso sería una pena. Es un buen combatiente.

—Es estúpido.

—Cierto –dijo Manuel—. Pero es temerario y fuerte. Nos es útil. Y nos servirá para la emboscada, cuando Castro viaje en su jeep por el valle de la muerte. Será útil. Sería conveniente que no mataras a Garth.

—Si me molesta…

—Cuando Castro esté muerto –dijo Manuel—, podrás matar a Garth. Yo te ayudaré.

—Podrías decirle que no se me acerque.

—Ya se lo he dicho.

—¿Y no ha servido de nada?

—Ese hombre no piensa –respondió Manuel despacio—. Ese hombre decide y actúa. No se puede razonar con él.

María apartó la mirada. Era de noche; el resto de la banda dormía. La luna estaba en lo alto del cielo, un delgado cuarto creciente.

—Tenemos que matar a Castro pronto –dijo.

—He recibido informaciones. Dicen que viajará a Santiago el domingo de la próxima semana. Saldrá a la carretera desde Bayamo y Palma Soriano, por supuesto. Tal vez podamos emboscarlo entre Palma y Santiago.

—Habrá patrullas.

—Muchas patrullas, muchos guardias. Es un riesgo.

María asintió con gesto pensativo.

—Debemos matarlo pronto –dijo—. Porque yo mataré a este Garth muy pronto. Le dispararé y lo veré morir.

TURNER SE ESTIRÓ y se puso de pie. Cogió su paquete de cigarrillos de la mesita de noche y se los metió en el bolsillo de la camisa. Eran cigarrillos cubanos, que le había dado la señora Luchar. Había descubierto que le gustaban más que los estadounidenses.

—Voy a salir –le dijo a Hines.

—¿Bromeas?

—No. ¿Por qué estaría bromeando? ¿Por la posibilidad de que me pare la policía? Al demonio con eso.

—Bueno, es posible.

Turner negó con la cabeza.

—No –dijo—. Mira, yo ya sé cómo es ser un fugitivo. Recorrí todo Estados Unidos con la policía buscándome. Me acostumbré a mirar por encima del hombro cada vez que meaba. No tengo que hacerlo aquí. Nadie me sigue.

—Aún así creo que es un riesgo.

—Eso significa que aún no lo entiendes. Por todos los diablos, no sabes cómo se siente cuando a uno lo persiguen. No se parece a ninguna otra cosa en el mundo. No puedes relajarte. Te conté lo que ocurrió, ¿verdad? Con la chica y el cerdo que estaba con ella…

—Me lo contaste.

—Sí. Después me emborraché y dormí la mona. Luego me desperté y recordé. Desde entonces jamás pude relajarme, ni una sola vez. No he parado de correr y de esconderme y de mirar por encima del hombro. Es un sentimiento muy especial. Nada bueno.

Hines no dijo nada.

—Ahora estamos en Cuba. Y es maravilloso, Jim. Nadie me busca. Si saliera a la calle y le dijera a todo el mundo que he matado a una puta y a su cliente en Charleston no le importaría a nadie. Soy un hombre libre. No tengo que permanecer en un sótano hediondo. Puedo salir al aire libre.

—Espero que tengas razón.

—Correré el riesgo –dijo—. Tranquilízate.

Hines se quedó sentado en el borde del catre. Cogió una revista estadounidense que había traído la señora Luchar, la hojeó sin prestar atención. La arrojó sobre la cama y se acercó al pesado banco de carpintero. Era de madera, como el que tenía su padre en el ático. Al viejo le gustaba hacer cosas. Siempre eran cosas que podría haber comprado por la mitad de lo que le costaba hacerlas él mismo, y siempre quedaban un poco mal, pero al viejo le entusiasmaba.

Su padre jamás había hecho bombas. Y eso era lo que estaban haciendo en ese momento. Bombas de impacto con una carga de TNT que estallarían al más mínimo contacto. Cogías la bomba, la lanzabas al aire, y cuando aterrizaba estallaba como... bueno, como una bomba. ¿Qué más?

No sabía mucho de bombas. Turner tampoco, en realidad, pero al menos sí sabía qué elementos debían tener en su interior y cómo funcionaban. Había preparado una lista de materiales para la señora Luchar: cubierta metálica para el exterior, TNT para la carga, y muchos otros aparatitos y cositas que deberían funcionar. Además, había hecho la mayor parte del trabajo; había perforado y serruchado y encajado la cubierta metálica, había deducido la carga adecuada. Ya tenían dos bombas casi completas. Sólo les faltaban unos cuantos toques finales y un fuerte lanzamiento en la dirección correcta. Y eso sería todo.

Se preguntó a quién mataría la bomba. Además de Castro, por supuesto. Sólo Dios sabía cuán poderosa era la bomba. Podría terminar siendo el peor fiasco desde Primo Carnera o borrar del mapa la mitad de La Habana; no lo sabían. Tal vez conseguirían acertar a Castro. Tal vez a algunos de sus soldados, y a algún otro político. Y a algunas personas de la multitud, algunas mujeres y niños, algunos...

Por todos los diablos. No era ningún juego. Tenía una cuenta que saldar, tenía una pizarra que limpiar. Joe estaba muerto, maldita sea, y Castro iba a recibir su merecido, y si algún pobre payaso estaba en el medio, mala suerte. Era parte del juego.

¿Como la justicia revolucionaria?

Bueno, caramba.

Salió de la habitación. Estaba pensando demasiado y eso lo ponía nervioso. Tal vez Turner había tenido una buena idea; tranquilizarse, hacer el trabajo, mantener la boca cerrada, y salir a la calle a disfrutar del paisaje. No, gracias, pensó. Todavía no. Por ahora me quedaré dentro, gracias.

Subió las escaleras de a dos escalones por vez, atravesó la cocina y entró en la sala. La dama Luchar estaba sentada en una mecedora leyendo un periódico cubano. Lo miró.

—Tu amigo Turner ha salido –dijo—. ¿Por qué has decidido quedarte?

—No lo sé.

—Siéntate –le dijo—. ¿Quieres café? ¿O algo para comer?

Él respondió que le sonaba bien. Ella se levantó y él la vio salir de la habitación. Hablaba inglés con acento estadounidense y eso lo conmovía, lo hacía sentirse bien. No encajaba con el resto de ella. Por Dios, parecía salida de *Historia de dos ciudades*, una Madame Defarge del siglo XX que no sabía tejer. Ella a veces lo afectaba. Le daba escalofríos. No estaba seguro de la razón, pero ocurría.

Ella volvió con un plato de arroz con pollo y una taza de café humeante. La comida era picante, sabrosa. Él no se había dado cuenta del hambre que tenía.

—¿Hace mucho que está en Cuba? –le preguntó.

—Desde que triunfó la revolución. Batista se marchó y yo regresé. ¿Por qué?

—Me preguntaba –dijo él—, si tal vez usted podría haber conocido a mi hermano.

—¿Él ha estado aquí?

Hines asintió.

—Se llamaba Joe –dijo—. Joe Hines.

Ella pareció reflexionar.

—¿Se acuerda de él?

—Me acuerdo –dijo—. No lo conocí personalmente. Pero sé quién era, por supuesto. Castro lo mandó fusilar.

Él asintió con un gesto de dolor.

—Por supuesto –dijo ella—. Ya me preguntaba por qué estabas aquí. Estás por venganza y todo eso. ¿Tengo razón?

—Por supuesto.

—Ya veo –dijo ella. Se apartó ligeramente—. Bueno, uno debe tener razones. Y esas razones sólo tienen importancia para cada individuo. No cambia nada por qué estás aquí, sólo lo que hagas. Los resultados son más importantes que las razones.

—No lo entiendo.

—¿No?

—No –dijo él, irritado—. Usted utiliza un montón de palabras pero no dice mucho. ¿A qué se refiere?

Ella sonrió ligeramente.

—Ya te lo dije. No tiene importancia.

—Para mí sí.

Ella se encogió de hombros.

—¿Más arroz con pollo? Hay toda una olla llena en la cocina.

—No, gracias…

—¿Más café?

—No –dijo él—. Mire, está tratando de cambiar de tema. No quiero que lo haga.

—A veces es una buena idea.

—¡Maldición! –Él se puso de pie y tensó las manos formando puños a los costados del cuerpo—. Mire, hay algo que no quiere contarme, y no lo entiendo. Quiero saber de qué se trata todo esto antes de que me vuelva loco. Si tiene algo que decir, dígalo. ¡Si no, deje de jugar conmigo!

Ella volvió a sonreír, de una manera perturbadora.

—Eres tan joven –dijo—. Cuando un hombre es así de joven todo es sencillo, ¿verdad? Preguntas fáciles y respuestas fáciles. Ojalá hubiera aprendido a mentir a mis amigos. Es fácil mentir a los enemigos. A los amigos no puedo mentirles.

—¿Qué se supone que quiere decir eso?

—Sólo que tu hermano era un traidor.

Él la miró fijo. Estaba loca, eso era todo. Era una demente y prestarle atención era una pérdida de tiempo. Ella había perdido la chaveta, estaba chalada. Desquiciada.

—Te he dicho la verdad, Hines. Pero no tienes que creerme si no quieres. Tal vez sería mejor que no lo hicieras.

—Un traidor a Castro –dijo él desesperadamente—. Se dio cuenta de que Castro estaba arruinando el país de modo que rompió con él. Eso es lo que quiere decir, ¿verdad? Rompió con Castro entonces éste lo llamó traidor y lo mandó fusilar. Es eso, ¿no? Era un traidor en el mismo sentido que usted, porque quería lo mejor para Cuba y…

—No.

Esa sílaba aislada lo paralizó. Se apartó, la miró fijamente, bajó los ojos. Durante un largo instante se quedó de pie, contemplándose los zapatos. La señora Luchar seguía sentada en la mecedora, con los ojos serenos. Él se sentó muy pesadamente y la miró.

—Mejor que me lo cuente todo.

—¿Servirá de algo?

—Sí.

—No seas estúpido –dijo ella—. No seas tan condenadamente tonto. Castro mató a tu hermano y la sangre tira más que los principios. De todas maneras tienes que vengarte. Joe Hines sigue siendo tu hermano y todavía debes vengarte del hombre que lo mató. ¿Por qué quieres agobiarte?

—Cuéntemelo.

—Escucha…

—¡Cuéntemelo!

Ella suspiró.

—Tu hermano era un héroe –dijo con tranquilidad—. Al principio, en Oriente, era un héroe barbudo, como todos los otros. Combatía como un héroe y reía como un héroe. Y, junto a los otros barbudos, ganó. Entró en La Habana con una pistola en el cinturón y los ojos resplandecientes. Ganó, Hines.

—Todo eso ya lo sé.

—Pero no sabes el resto. Tu hermano tenía sus propias ideas. Veía riqueza en todas partes, veía toda una nación de la que podía aprovecharse. Tenía esas visiones. Se veía en la cumbre, dirigiendo el país, con un montón de cubanos agradecidos besándole el culo y diciéndole que era Dios. Combatió junto a nosotros, Hines, pero no era como nosotros. Era un anglo y quería asumir esa carga del hombre blanco que todos ustedes llevan con tanto desinterés. Quería que una tanda de inferiores cubanos le sonrieran y le besaran el culo.

—Él no era así.

—Se convirtió en eso. Junto a otros dos organizó un movimiento. Un movimiento contrarrevolucionario. No iban a expulsar a Castro porque fuera antidemocrático. Iban a reemplazarlo porque querían su poder.

Hines no dijo nada. Estaba aturdido.

—Así que Castro lo mandó fusilar. Y se lo merecía, Hines. Tu hermano era una mala persona. Empezó como héroe y terminó como traidor. Aún así, debes llevar a cabo tu venganza. La sangre tira más que los principios.

—Joe…

—Era un traidor.

De pronto un brillo de locura se instaló en los ojos de Hines y él se puso de pie de un salto.

—¡Maldita sea! –gritó—. ¿Piensa que me voy a creer algo así? ¡Joe era mi hermano, maldita perra vieja! Era un tipo maravilloso. Un héroe. Hizo cosas maravillosas para su país de mierda y a usted lo único que le interesa es hablar mal de él. Usted…

—Cree lo que quieras –dijo ella en voz baja.

—¿Lo que quiera? ¿Piensa que lo que yo quiero tiene algo que ver con todo esto? Creo lo que tengo que creer, maldición. ¡Váyase al diablo!

Ella no dijo nada. Él pasó corriendo a su lado, bajó las escaleras a toda velocidad hacia el sótano. Dio un portazo, golpeó los puños contra la pared, parpadeó por el dolor. Se acercó a la cama, se arrojó sobre ella, luego volvió a ponerse de pie. Le dio golpes a la almohada, volvió a golpear la pared con la otra mano, y se sentó otra vez en la cama.

«Joe», pensó. «Joe, ¿dónde estás? Dímelo, Joe. Dime que es una puta mentirosa. Dime que me está contando un montón de mierda. Por favor, Joe. Te necesito, Joe.»

«Te echo de menos, Joe».

Se puso de pie, se sentó, se puso de pie, volvió a sentarse. Apretó y relajó las manos, tratando primero de aceptar lo que la mujer le había contado, luego tratando de no creerlo, desgarrado constantemente entre una cosa y la otra, partido en dos.

Quiso llorar pero no sabía cómo hacerlo.

SEIS

«A TODO EL que pueda interesar:

Por este medio se hace saber que toda persona que facilite una información que conduzca al éxito de una operación contra cualquier núcleo rebelde comandado por Fidel Castro, Raúl Castro, Crescencio Pérez, Guillermo González o cualquier otro cabecilla será gratificado de acuerdo con la importancia de la información, bien entendido que nunca será menor de $5,000. Esta gratificación oscilará de $5,000 hasta $100,000 correspondiendo está última cantidad o sea $100,000 por la cabeza de Fidel Castro.

Nota: El nombre del informante no será nunca revelado»

ESTE COMUNICADO APARECIÓ en toda Cuba. Se publicó en todas las regiones de la Provincia de Oriente, se colocó en un árbol tras otro, se clavó en todos los postes de todas las cercas. Batista estaba cada vez más desesperado; para él la cabeza de Castro ya valía cien mil dólares. Castro había regresado a Cuba. Se puso al frente de una diminuta banda de rebeldes cuyo número aumentaba cada día, una banda que hacía temblar el trono del dictador.

El Granma era el yate de un norteamericano llamado Erickson que vivía en la ciudad de México. A principios de 1956 el coronel Alberto Bayo había empezado a entrenar a las tropas de Castro en un rancho mexicano, haciéndolos avanzar en marchas forzadas, instruyéndolos en técnicas de combate, guerra de guerrillas, comprimiendo en un periodo de tres meses todo el entrenamiento que habrían tardado tres años en obtener en una academia militar. En noviembre de ese año Castro estaba listo. Los camaradas le compraron el Granma a Erickson y Castro lo llenó con sus ochenta y dos soldados y todas las armas que había podido conseguir. La carga se llevó a cabo en secreto en Tuxpan, un puerto fluvial de Veracruz. El 25 de noviembre el barco zarpó; bajó por el río Tuxpan hacia el golfo de México y luego puso rumbo este en dirección de la Provincia de Oriente y de la guerra con Batista.

Mientras Castro estaba en alta mar, unas fuerzas clandestinas lanzaron un alzamiento en Santiago. Batista respondió suspendiendo todos los derechos civiles en las regiones orientales de la isla y mandando batallones de tanques a Oriente para aplastar la rebelión. Castro estaba por meterse en la boca del lobo. Batista sabía que venía, conocía sus planes de revuelta. Sin embargo, el Granma tocó tierra el 2 de diciembre y las fuerzas de Castro desaparecieron en las colinas.

La revolución estaba en marcha.

Era una nueva clase de revolución. La máxima prioridad era sobrevivir, una tarea imposible al principio. Había tropas del gobierno por todas partes, que detectaban a los rebeldes y los aplastaban gracias a su superioridad numérica. Del grupo inicial de Castro de ochenta y dos soldados, sólo veintidós lograron mantener la vida. Y diez de ellos fueron capturados, dejando una banda de doce a cargo de lanzar la revolución en las montañas. ¿Acaso doce hombres podían derrocar a un tirano? Parecía una pregunta que no valía la pena contestar, una imposibilidad total.

Pero Batista tenía miedo, y con buen motivo. Su respuesta fue el terror y la represión, un terror que había que ver para creer. Su fuerza aérea sobrevolaba las colinas de Oriente una y otra vez, ametrallando campos al azar por si había rebeldes escondidos. Sus soldados pululaban por Oriente, arrestando campesinos a discreción y acusándolos de ayudar a Castro. Hombres y mujeres murieron asesinados. Torturaron campesinos en busca de información sobre Castro.

El terror era un arma poco eficaz. Los campesinos que antes no se interesaban en política empezaron a ver, por un lado, a los hombres de Castro, valientes y honestos, que siempre pagaban la comida y el refugio. Y al otro lado, los mercenarios de Batista, que cogían lo que querían, saqueaban, violaban y masacraban. Esos campesinos escucharon las promesas de reforma agraria de Castro, lo oyeron hablar de liberación y libertad. Los doce rebeldes andrajosos crecieron en número. Nuevos reclutas se sumaron a sus filas, y en toda la Provincia de Oriente había campesinos dispuestos a alimentarlos y a ocultarlos de las fuerzas gubernamentales.

El espíritu de rebelión que Castro había iniciado en las montañas pronto se contagió a las ciudades. Surgieron células clandestinas, que hostigaban a los hombres de Batista y reunían municiones y suministros para los rebeldes del este. Una banda de estudiantes de La Habana realizó un temerario intento de asesinar a Batista; el complot fracasó y a los asesinos murieron ametrallados en la puerta del palacio. El dictador estaba cada vez más desesperado. Su policía secreta efectuaba arrestos a medianoche, y los ciudadanos desaparecían en la cárcel y morían allí. Se suspendió la publicación de periódicos libertarios. Sus editores fueron torturados y asesinados.

Pero no podía aplastar a Castro. Sus hombres pusieron en práctica todas las tácticas de la guerra de guerrilla; daban golpes, huían y sobrevivían para dar otro golpe. Chupaban cañas de azúcar para mantenerse vivos. Tiraron sus hojas de afeitar y juraron dejarse la barba hasta que la revolución fuera una realidad. La barba se convirtió en emblema de libertad, y el público veía a los «barbudos» como una nueva generación de combatientes por la libertad, una raza de superhombres.

La ola de terror de Batista no logró derrotar a Fidel Castro. Una revolución saludable se alimenta del terror, crece gracias a él. Cada acto de represión aumenta el apoyo a los hombres que combaten para derrocar al opresor. Aún así, el terror del dictador cumplió un propósito.

No derrotó a Castro. Pero comenzó a cambiarlo.

No es fácil librar una lucha limpia contra un oponente que pelea sucio. No es sencillo observar las reglas del marqués de Queensberry en un combate contra alguien que intenta arrancarte los ojos y clavarte un rodillazo en el bajo vientre. Siempre se presenta la tentación de combatir el fuego con el fuego, de responder al terror con más terror.

Eso fue lo que hizo Castro. Sigue sin saberse si alguna vez tuvo la intención de combatir de otra manera. Después de todo, muchos de sus seguidores habían sido comunistas durante un tiempo. Una buena cantidad de ellos habían estado en Rusia, donde habían aprendido tácticas comunistas.

En la Sierra Maestra, Castro se topó con el capataz de un rancho que había acusado a sus arrendatarios de estar a favor de los rebeldes y que había logrado aumentar la extensión de sus propios terrenos a expensas de ellos. Los hombres de Castro detuvieron al capataz, lo juzgaron y lo ejecutaron.

Era la justicia revolucionaria.

Justicia revolucionaria. Una terminología novedosa, una frase nueva, una racionalización cuidadosamente escogida del acto de combatir el fuego con el fuego, de responder al terror de Batista con el terror de los rebeldes. Si Batista torturaba y mataba a los que ayudaban a los rebeldes, entonces Castro podía dejar los cuerpos mutilados de los partidarios de Batista como un lúgubre recuerdo de su propósito. Si Batista quemaba casas y masacraba campesinos, Castro podía superarlo y prender fuego a campos enteros de caña de azúcar y arruinar miles de hectáreas de plantaciones.

Si Batista se hundía en la paranoia, y veía enemigos en todas partes y lanzaba gritos de venganza en todas direcciones, Castro podía adoptar esa paranoia y acrecentarla. También él podía recompensar a los que lo seguían. Y también él podía jurar venganza eterna a sus enemigos.

Su movimiento ganaba terreno; el éxito definitivo de su revolución era inevitable. Pero él mismo estaba cambiando. O bien eso, o durante todo ese tiempo había ocultado con mucho cuidado su verdadero propósito.

SIETE

LA CARRETERA SALE de Manzanillo, en el golfo de Guacanayabo, casi exactamente al este de Santiago. Su trayecto es aproximadamente paralelo a las costas meridionales de la Provincia de Oriente, y pasa por las ciudades de Bayamo, Jiguaní y Palma Soriano antes de llegar al final. Es una carretera ancha, de dos carriles, asfaltada pero mal mantenida. Hay baches aquí y allá, el asfalto está agujereado o salido, y los neumáticos de un automóvil pueden quedar bastante maltrechos después de recorrerla.

La tierra a ambos lados de la ruta es agreste y montañosa. El suelo es fértil y hay lluvia abundante, pero esta zona en particular no es útil para plantar cañas de azúcar, la cosecha que es para Cuba lo que el algodón era para el sur de Estados Unidos antes de la guerra. Hay cultivos aislados de tabaco a lo largo de la carretera. La mayor parte del terreno se destina a pequeñas huertas o se ha abandonado a la naturaleza. Hay colinas, valles, densos matorrales llenos de arbustos.

También hay rebeldes.

La tarde estaba bastante avanzada. Matt Garth estaba acostado boca arriba sobre una deshilachada manta de campaña, escuchando el tren. El tren hacía un recorrido zigzagueante desde Manzanillo hasta Glorieta, al este, evitando Santiago. En ese momento estaría a un kilómetro y medio de distancia, pero se lo oía fácilmente en el aire quieto. Era el único sonido audible.

Garth bostezó y se rascó. Los hispanos estaban por ahí dando vueltas, pensó. Persiguiendo pulgas o algo así, por el amor de Dios. No sabía cómo diablos lo hacían, pero cada tarde merodeaban por el bosque y cada noche volvían con algo para comer: un saco de frijoles, un frasco de arroz, una gallina con el cuello retorcido, algunos huevos, incluso una vez trajeron un cerdo joven robado demasiado pronto a su madre. Garth no tenía claro cómo se las arreglaban, si obtenían los alimentos de los granjeros que simpatizaban con ellos o si se limitaban a robarlos. No le importaba mucho.

Encendió un cigarrillo, le dio dos caladas y lo apagó.

Estaba volviéndose loco, ése era el problema. Estaba perdiendo la chaveta, dando vueltas en esas condenadas montañas, comiendo arroz y frijoles tres veces al día y esperando que pasara algo. Combatir no estaba mal, pero había pasado demasiado tiempo desde la última vez, cuando habían cocinado a los seis soldados del jeep. Desde entonces habían vagabundeado bastante, habían dormido bastante a la intemperie, habían comido bastante de ese condenado arroz con frijoles, y nada más.

Oh, sí. También había habido bastante de la hembra, María, que le sacudía esas grandes tetas y ese culo ardiente en la cara, y luego lo apartaba apenas él se interesaba. Una buscona, una maldita buscona; lo estaba volviendo chiflado. Una chica que andaba exhibiéndolo todo de esa manera debería estar dispuesta a entregar un poco. Sería un poco mejor si al menos se lo entregara a algún otro. Pero no, esa perra de María no lo hacía. Dormía sola, dormía condenadamente sola, y le metía las tetas a Garth en la cara cada dos minutos.

Andaba cerca, él lo sabía. Estaba en la orilla, fregando ollas y platos, aceitando armas, siendo útil. Y Fenton también andaba por ahí, para lo que servía. Fenton, ese rufián, no le servía de mucho a Garth. Hablaba inglés, de acuerdo, pero no con él. Se quedaba todo el tiempo sentado sin hacer nada, tal vez fumaba un poco, o charlaba con Manuel, el único hispano que sabía inglés. Fenton hablaba con Manuel más que con Garth, y Manuel nunca hablaba con Garth, y Garth no podía soportarlo. No tenía lepra, por el amor de Dios.

La cabeza le empezó a funcionar. Fenton estaba sentado solo, sin hacer nada. Y María también estaba por allí. Pero si Fenton no estuviera, si Fenton se fuera a dar un paseo, entonces él estaría solo con María. Era una perra difícil, dura como un clavo, pero él era un hombre y sin duda mucho más fuerte que ella. Entonces, ¿qué problema había si gritaba? Nadie la oiría. ¿Y qué podría hacer luego? No mucho, porque lo necesitaban para la gran acción contra Castro.

Lo pensó uno o dos minutos. Pero pensar era una pérdida de tiempo, le daba dolor de cabeza. Uno podía pensar todo el día, como Fenton, ¿y de qué servía? De nada, absolutamente nada. A Garth pensar no lo entusiasmaba. En cambio, quería hacer algo. Algo que sirviera para tener a esa hembra boca arriba con las rodillas apuntando al sol. Además él conocía a las de su tipo. Lo único que necesitaba era un hombre que le demostrara quién manda y entonces ella se bajaría de su alto caballo de inmediato. Necesitaba un hombre, un hombre que pudiera hacerse cargo, y una vez que él le mostrara cómo eran las cosas ella no volvería a tratarlo con desdén. Por todos los diablos, cuando acabara con ella tendría que sacársela de encima a garrotazos. Ella lo perseguiría todo el tiempo, concluyó.

Lo único que él tenía que hacer era tomarla la primera vez.

Bien. Se puso de pie, se acercó a Fenton, que leía un libro de bolsillo, con los ojos en la página y un cigarrillo convirtiéndose en ceniza entre dos de los dedos. Garth se aclaró la garganta y Fenton levantó la mirada, haciendo una pregunta con los ojos.

—Estaba pensando –dijo Garth—. Estaba pensando que es un día bonito y tal vez deberías dar un paseo.

—¿Quieres ir a alguna parte?

—Yo no –dijo Garth—. Tú.

Fenton no respondió.

—Una caminata corta –prosiguió Garth en tono de inocencia—. Un paseíto, explorar un poco o algo así. No tendrías que irte mucho tiempo. Diez, quince, o incluso veinte minutos. No más.

—¿Por qué?

Garth se encogió de hombros.

Entonces Fenton comprendió.

—Cometes un error –le dijo—. Un gran error.

—¿Sí?

—Sí. La chica no te desea. Si la fuerzas nos meterás a todos en problemas. ¿Por qué no la dejas en paz?

—Es asunto mío, Fenton.

—Mío también. Vas a recibir veinte mil dólares, Garth. Puedes tener a todas las mujeres del mundo con ese dinero. ¿No puedes dejar en paz a ésta hasta entonces?

—¿Qué problema hay? ¿Tú también la deseas?

—No.

—Apuesto a que es eso –dijo Garth—. ¡Caramba, viejo de mierda! Quieres a la hembra para ti, ¿verdad?

—No. Déjala en paz, Garth. Vas a arruinarlo todo. Tú...

Pero Garth no oyó nada más, principalmente porque eso fue todo lo Fenton pudo decir. La mente de Garth trabajaba de manera sencilla pero eficaz. Había logrado deducir el hecho de que Fenton no se iría a dar un paseo, y que si se quedaba allí no causaría más que problemas. De modo que hizo lo más sencillo que podía en esas circunstancias. Le dio un golpe a Fenton en un costado de la cabeza.

Uno fue suficiente. Había sido un golpe medido, lo bastante fuerte como para noquear a un hombre, como para dejarlo inconsciente durante diez o quince minutos. Tiempo suficiente.

Tiempo para la hembra.

La encontró al borde del arroyo, sentada con las piernas cruzadas a la sombra de una tupida palmera, vestida como siempre, con la chaqueta de combate y los pantalones caqui. Ella subió los ojos lentamente, hasta clavarlos en los de Garth, donde encontró algo amenazador que hizo que los suyos se abrieran de terror. Él respondió a su gesto de temor con una sonrisa que resultó lasciva y malévola.

—Era hora –dijo. Y avanzó hacia ella.

Ella entendió, si no las palabras, el sentido. Había estado fregando una sartén de hierro forjado, y cuando él se acercó le tiró la sartén, tratando de acertarle en la cara. Él la apartó con una mano, luego le dio una patada al subfusil Sten que ella trataba de alcanzar. Ella intentó incorporarse pero él le dio una fuerte bofetada a un lado de la cara y ella volvió a caer.

—Ahora –dijo él.

Cayó sobre ella, con fuerza, salvaje y ciego en su ansia. Ella se resistió, trató de clavarle las uñas en la cara, en los ojos, pero él le aplastó las manos tras la espalda y le abrió la chaqueta de un tirón. Debajo sólo tenía una camiseta blanca, sin corpiño. Le desgarró la camiseta. Los pechos eran tentadores bultos de piel dorada, con las puntas oscuras y turgentes, y él se llenó las manos con ellos, apretándolos, lastimándola.

Había terror en los ojos de ella, un terror mezclado con miedo, odio, aborrecimiento e ira. Él hizo caso omiso de todo eso. Estaba impaciente, era un semental ansioso por montar a una yegua. Le arrancó los pantalones, los condenados pantalones caqui que siempre llevaba puestos. Se los bajó por las caderas, los muslos, hasta las rodillas. Sus bragas eran de un delgado nylon blanco, que él destrozó.

—No te resistas –le dijo, sin importarle que ella no pudiera entenderle—. No te resistas, no me lo pongas difícil. Relájate y goza. No va a estar tan mal, putita. Relájate. Tal vez hasta te guste.

Pero ella se resistió. Intentó lanzarle un rodillazo a la ingle pero él giró el cuerpo y le bloqueó el golpe con las caderas. Ella consiguió soltar una mano y trató de alcanzarle la garganta, pero él la atrapó y le torció la muñeca hasta que ella gimió de dolor. Ella volvió a intentarlo con la rodilla, y entonces él perdió la paciencia y le hundió un puño del tamaño de un jamón en la blandura de su estómago plano, de modo que ella se dobló de dolor y emitió el mismo sonido que hace un hombre cuando recibe un tiro en las entrañas de una pistola de pequeño calibre.

Volvió a golpearla en el mismo lugar, y ella perdió todo el espíritu de lucha como aire de un neumático pinchado. Entonces él luchó contra su propia ropa, se abrió los pantalones y se preparó.

Se oyó un disparo. Una bala silbó encima de la cabeza de Garth, pero lejos. Garth se quedó paralizado, esperando.

Luego una voz. La de Fenton. Áspera, fría, vibrante, sin miedo.

—Levántate, Garth. Levántate, cerdo, o te dispararé allí mismo. Te mataré, Garth.

No había lugar para dudas en el tono del hombrecito. A Garth no le resultó fácil levantarse. Estaba preparado, listo, y no era nada fácil abandonar justo en el momento en que el premio estaba allí en el suelo, listo para ser tomado.

Se levantó.

—Abróchate los pantalones. Luego aléjate de ella, Garth, y mantente lejos. Porque si vuelves a acercarte a ella te mataré. Eres un animal, Garth. Aléjate de ella y déjala en paz.

Garth se marchó, avergonzado y dolorido. Odiaba a Fenton y odiaba a la chica y se aborrecía a sí mismo con una aversión plana y embotada. La había tenido y no la había tomado. Esa rata de Fenton lo había arruinado todo, rata bastarda.

Regresó a su manta y buscó sus cigarrillos.

El café se encontraba en la Calle de las Mujeres Bonitas. No había ninguna mujer bonita por allí, al menos Turner no las veía. Pero no tenía necesidad de encontrarlas, por el momento. Lo único que quería era estar allí sentado, dar sorbos a la copa de buen vino tinto que tenía en la mano, y hablar con Ernesto.

Ernesto era un cubano corpulento de bigote morsa y ojos adormilados, un hombre que hablaba con facilidad, maldecía libremente, bebía copiosamente y, si uno podía creerle, fornicaba sin parar. Turner lo había conocido allí, en el café, dos días antes. Lo había invitado a una copa de vino. Luego Ernesto le había devuelto el favor. Se sentaron juntos a una mesa y hablaron.

Como en ese momento.

—A mí me parece que no tienes ningún problema –le decía Ernesto en español—. Has matado a una puta y a su amante, ¿cierto? Y por lo tanto la policía norteamericana quiere mandarte a la horca.

—No ven el homicidio con buenos ojos.

—Bien –dijo Ernesto—. En Norteamérica sí tienes un problema. Pero aquí, en Cuba, ningún problema, para nada.

—¿Y qué hay de la extradición? –preguntó Turner. Sabía que Estados Unidos tenía un tratado de extradición con Cuba; de hecho, lo tenía con todos los países latinoamericanos, incluso con Brasil. Pero en Brasil había formas de evadirlo. Uno podía casarse con una chica local e inmunizarse contra la extradición. O, si tenías dinero suficiente, podías acceder al funcionario adecuado.

—Hay un tratado –admitió Ernesto.

—Entonces sí tengo un problema..

—No. Antes, en los días anteriores a la revolución, sí habrías tenido un problema. Pero ahora las relaciones entre el señor Castro y tu gobierno no son tan buenas, ¿verdad? Tu gobierno dice que un hombre llamado Turner es un criminal, un asesino. Y nuestro señor Castro se echará a reír, porque sabe que ese Turner no ha matado a nadie en Cuba. De modo que no habrá ninguna extradición. Tú no has violado ninguna ley en este país, y puedes quedarte.

Turner ya había pensado en ello. Cuba era tan adecuada como Brasil, e igual de segura. Pero todavía estaba la cuestión de los veinte mil dólares.

—Necesitaría dinero –dijo Turner—. ¿Dónde trabajaría?

Ernesto se encogió de hombros majestuosamente.

—¿Para qué quieres trabajar? Yo no trabajo. No es necesario trabajar.

—Pero no tengo dinero.

—Ah –respondió Ernesto—. No es difícil conseguir dinero. Uno compra, uno vende. Uno actúa de agente en esas transacciones. Uno vive con astucia, haciéndose útil para los demás. Fíjate en mí, amigo. Antes de la revolución, trabajaba para un hombre que se llamaba Antonio Torelli. El señor Torelli era un gánster de Nueva York que tenía un casino aquí, en La Habana. Un hombre muy importante. Yo trabajaba en su casino. Yo era un croupier, repartía cartas. El señor Torelli también se compró un burdel en La Habana. Yo se lo dirigía, mantenía despiertas a las chicas. Gané bastante dinero con ese trabajo.

—¿Y?

—Y hubo una revolución. Bien. De inmediato el señor Torelli cogió un avión hacia Florida y yo me quedé sin trabajo. Los casinos dirigidos por gánsteres norteamericanos están cerrados. Los burdeles dirigidos por gánsteres norteamericanos también. ¿Acaso he muerto de hambre?

—A ti te llevaría años morirte de hambre –dijo Turner.

Ernesto contempló su propia circunferencia y rió.

—Te burlas –dijo —. Pero es cierto. Cuando se es astuto, cuando uno piensa con el cerebro, tarda mucho tiempo en morirse de hambre. Toda la eternidad.

Turner terminó el vino. Se dio cuenta de que la copa de Ernesto también estaba vacía y le hizo una señal al camarero de piel oscura. El hombre se acercó y llenó ambas copas hasta el borde. Turner pagó. Ernesto le agradeció con un movimiento de la cabeza. Chocaron las copas ceremoniosamente y bebieron.

—Tú no pasarías hambre aquí, amigo mío, y tendrías dinero. Yo estoy metido en muchos asuntos, tengo muchas oportunidades en danza. Tú podrías ser mi socio.

Turner sonrió.

—¿En el delito?

—Una palabra dura. Hay muchos hombres que tienen más dinero del que necesitan, y menos cerebro del que deberían. Uno puede aliviar su carga financiera. O, si tienes escrúpulos, siempre hay trabajo. ¿Sabes algo de construcción?

—He estado en algunas obras.

—Hacen falta hombres –dijo Ernesto—. Que pueden manejar maquinaria pesada, hombres de esa clase. Hay pocos en Cuba que entiendan esas máquinas. Se paga bien.

Turner bebió más vino, mientras reflexionaba. De una manera u otra, podría ganarse la vida en Cuba. De una manera u otra.

—Has dicho que no tienes dinero. ¿Es cierto?

—Es cierto.

—¿Pero cómo ganarías dinero en Brasil? No es más fácil vivir allí sin dinero.

«Pero entonces sí tendré dinero», pensó. «Volveré a ser un delincuente, un asesino, matando a Castro. Y huiré nuevamente, recogeré mis veinte mil, mi dinero ensangrentado, y me largaré hacia Brasil. Y después de un tiempo tal vez logre aprender a relajarme de nuevo. A vivir y a disfrutar sin mirar por encima del hombro a ver si la ley me persigue».

—Soy demasiado indiscreto –le decía Ernesto—. Tal vez he hecho demasiadas preguntas, y ésa no es la función de un amigo. Y yo soy tu amigo, Turner, y tú eres mi amigo. ¿Cierto?

—Cierto.

—Bien. Terminemos el vino y vayamos al burdel. Yo invito, si me lo permites. Hoy, esta mañana, se me acercaron tres de tus compatriotas. Jóvenes, estudiantes en una de tus universidades. Deseaban adquirir cigarrillos de marihuana.

—¿Y tú les vendiste?

Ernesto frunció el ceño en un gesto de tristeza.

—Claro que no. Unos muchachos tan jóvenes, rozagantes; con la marihuana hubieran caminado por el cielo, saltando como corderitos de nube en nube. Les dije que me esperaran. Fui a mi jardín y coseché hierbas: llantén, pasto. Las sequé en el horno y añadí hierba gatera. Armé una enorme cantidad de cigarrillos. Y se los vendí a tus compatriotas por una buena suma. Y no hay peligro, porque pueden pasarse la vida fumando sin que los afecte.

Turner rió.

—Así que invito yo –continuó Ernesto—. Las muchachas de este sitio son una delicia, amigo mío. Jóvenes y listas .Hay una que creo que te gustará. Una china. Padre chino, madre cubana. Una muchacha encantadora.

Terminaron el vino y caminaron hasta un hotel que estaba a varias manzanas. Una vez en la recepción, Ernesto charló animadamente con la madama, una cubana gorda de pechos bamboleantes. Salieron dos chicas: la oriental que Ernesto había mencionado y una cubana joven de pelo rubio teñido. Ernesto se marchó con la rubia y Turner siguió a la china hasta su habitación.

Tenía manos y pies pequeños, rasgos delicados. Hablaba español con acento chino. Besaba como una niña y hacía el amor como una mujer. Tenía piel suave, cuerpo firme.

Se quedó inmóvil, con las manos sobre la cabeza, mientras Turner la desvestía. Sus manos recorrieron la piel sedosa, acariciaron los pechos hermosos y firmes; fascinado por su turgencia, hizo círculos con la lengua en los oscuros, sabrosos pezones. Luego ella lo obligó a permanecer inmóvil mientras le quitaba la ropa. Le tocó el cuerpo desnudo, lo acarició de maneras nuevas y deliciosas que lo excitaron sutil e innegablemente.

Él la abrazó y fueron a la cama.

Se quedaron en la cama un largo rato antes de hacer el amor. La muchacha era una artista de las caricias y de los besos. Le pasaba las manos por todas partes, con los labios siempre activos, con una lengua exploradora y diligente. Hizo arder a Turner. Él volvió a besar esos pechos firmes y pequeños, apretó los globos maduros de las nalgas y le acarició la parte interior de los muslos, haciéndola estremecerse de ganas.

Luego hicieron el amor. Fue cálido, intenso, exigente. Ella estaba ansiosa por complacerlo. Turner se sintió como un amo, un dios, un hombre.

Más tarde, él y Ernesto caminaron por las calles del centro de La Habana, parando aquí y allá para beber un vaso de cerveza, fumando cigarros cubanos y relajándose en la suave calidez de la noche de la ciudad.

—¿Y quieres dejar todo esto? –lo increpó Ernesto—. ¿Esta calma, esta atmósfera tan llena de dicha? ¿Cambiarlo por Brasil?

—Me gusta La Habana –admitió Turner.

—Por supuesto. Te quedarás aquí.

—Tal vez.

—Irás al gobierno –continuó Ernesto— y les dirás que en Estados Unidos mataste a un hombre y a una mujer y que entraste en Cuba ilegalmente. Te dejarán quedarte. Te ayudarán.

Y Turner empezó a reír. La ironía era maravillosa: ¡pediría ayuda al hombre que planeaba matar!

—**BUENA COMIDA Y** buenos tragos –dijo el empresario—. Y buenas mujercitas, las mejores del mundo. Pero voy a largarme de aquí, Harper. Déjeme decírselo: siempre preferiré Estados Unidos. Allí uno puede relajarse. Les gustan los negocios. Cuando un hombre ha alcanzado el lugar que se merece no tratan de hundirlo. Aquí las cosas son distintas.

Garrison lo miró. El empresario era gordo y transpiraba profusamente. Había dicho que su nombre era Burley, Lester Burley; llámeme Les. A Garrison ni le gustaba ni le disgustaba. Estaban en un el bar del hotel Nacional, bebiendo. En pocos minutos Garrison subiría a su habitación y luego Estrella vendría a pasar la velada con él. No le importaba aguantar a «llámeme Les» hasta entonces.

—¿Está aquí por negocios, Burley?

—Les –lo corrigió Burley—. Sí, estoy por negocios. Nada especial; importaciones y exportaciones, en realidad. Mayormente cigarros; compro tabaco y lo vendo a fabricantes de cigarros de Tampa. ¿Ha estado en Tampa?

—No –dijo Garrison.

—Le gustaría; una bonita ciudad. Hay un par de fábricas allí. Havana Royale, García Supreme. Yo les proveo de buena parte de su producto. Se lo gestiono, podría decirse. ¿Usted está en el negocio inmobiliario, Harper?

Garrison asintió con un gesto.

—¿Quiere decir que compra y vende?

—Correcto.

—¿Y este viaje es de negocios o de placer?

—Un poco de ambas cosas –dijo Garrison arrastrando las palabras, adecuándose a su papel—. Primero el placer y luego los negocios, como siempre digo. Pero si aparece la oportunidad de ganar un par de dólares…

—Es cosa suya, desde luego –dijo «Llámeme Les»—. Pero yo no firmaría nada, no adelantaría nada de efectivo, no compraría ninguna propiedad en Cuba. Si fuera usted no lo haría.

—¿Por qué?

—¿Por qué? –Burley se humedeció los labios—. Por la misma razón por la que desmantelaré mi negocio y saldré pitando para Estados Unidos. No sé qué haré cuando llegue. Llevo muchos años en Cuba. Supongo que tendré que hacer algo relacionado con el tabaco, con mi apellido. ¿Entiende?

Garrison no entendía.

—Burley –dijo «Llámeme Les»—. Tabaco Burley. Para pipas. Es sólo una coincidencia, pero graciosa. ¿No lo cree?

—Oh –dijo Garrison—. Claro.

—Ya encontraré algo en Estados Unidos. No es como este país; allí, un hombre con energía y conocimientos aún puede hallar oportunidades. Este lugar era así antes. Ahora se está volviendo socialista, incluso comunista. Y por eso sería estúpido gastar dinero en adquirir alguna propiedad. No la conservaría lo bastante como para disfrutarla. La compraría y luego vería cómo se la quitan.

Garrison asintió con gesto pensativo. En realidad, no estaba prestando mucha atención a Burley. Pensaba en Estrella, recordando la última vez que habían estado juntos. Notó que Burley lo miraba fijo, esperando que respondiera algo.

—Se refiere a las confiscaciones –dijo—. Pensé que ya habían terminado.

—De ninguna manera. Acaban de empezar. Oh, sí, ya han confiscado las grandes empresas, el petróleo y la tierra. Tal vez eso le baste a Castro. Pero cada vez más parece que nada es suficiente para ese muchacho, aunque supongo que nunca se sabe.

—¿No?

—No. Porque está en tratativas con los rusos. Ellos le dan armas y asistencia económica y Dios sabe qué más. Y eso significa que habrá problemas. Le apuesto que él cree que puede convertir todo esto en un imperio. Ya sabe, ser el comisario de Sudamérica, o algo así. —Burley volvió a humedecerse los labios–. Pero no durará siempre. A los comunistas por ahora les gusta porque pueden utilizarlo. Es útil, les viene bien. Pero ya le han echado el ojo a todo el continente sudamericano y quieren quedárselo ellos. Y si por casualidad él consiguiera conquistarlo, lo derribarían tan rápido que ni siquiera se daría cuenta de lo que le ha sucedido. Lo dejarían fuera de todo, mirando para dentro. Y ahora está dentro, mirando afuera. –Se rió a carcajadas de su propio chiste y luego se pasó los diez minutos siguientes explicándolo.

Garrison esperó. Una camarera delgada trajo bebidas y él se tragó la mitad de la suya. En pocos minutos, pensó, llegaría el momento de estar con Estrella. Sería mejor compañía que este imbécil vendedor de cigarros que insistía en que lo llamara Les. Garrison ya había pasado por la monótona experiencia de oír a Burley narrar en detalle sus aventuras amorosas desde los dieciséis años de edad, y luego pasó a explicarle el panorama político de Cuba. A Garrison le costó decidir qué era menos interesante. El sexo le resultaba más emocionante que la política, pero al mismo tiempo Burley tenía la habilidad de hacer que cualquier tema se tornara aburrido.

—¿Entiende lo que quiero decir, Harper?

—Claro –contestó Garrison automáticamente—. Claro, Les.

—Entonces fíjese en lo que le digo. Tengo la corazonada de que Castro estará muerto antes de dos meses. ¿Quiere apostar?

—Nada de apuestas. Creo que tal vez usted esté en lo cierto.

«Claro que lo estará», pensó Garrison. «Lo voy a matar yo, condenado idiota. Tengo el arma en mi habitación. ¿Quieres echarle un vistazo?»

—Esto es lo que ocurrirá, Harper. Van a matar a Castro. Los comunistas, que prefieren tener a su propia gente en el poder en lugar de él. Es un tipo tozudo y excesivamente confiado y los rusos pueden darle órdenes siempre que él obtenga algo a cambio. En realidad, no tiene convicciones fuertes. Le gusta irse de boca. ¿Sabe cómo lo llamaban en la Universidad? ¡El gritón! ¿Y sabe qué quieren los rusos? Quedarse con Cuba, echar a Castro y luego hacer toda una campaña de desinformación diciendo que Estados Unidos organizó todo y que a Castro lo mataron los norteamericanos. Entonces toda la isla se volverá comunista y nos veremos con un lío impresionante entre manos. Hermano, quiero largarme de aquí antes de que ocurra.

—Claro –dijo Garrison, sin el menor interés en las predicciones de Garrison, fueran correctas o incorrectas—. Bueno, cuídese, Les –dijo, poniéndose de pie.

—¿Tiene que irse?

—Así es –dijo, dejando dinero para pagar la cuenta—. Ya nos veremos.

—Bueno, al menos déjeme invitarlo…

Garrison no lo dejó. Salió, se acercó al puesto de periódicos del lobby, compró un cigarro. Cogió el ascensor hasta su habitación y entró. Todo estaba como él lo había dejado, y Estrella aún no había llegado.

Camino hasta la ventana, levantó la cortina, miró la plaza donde Castro daría un discurso. El importante acto público tendría lugar el 26 de julio, por supuesto. El aniversario del movimiento. Y ése era el día en que Castro moriría, a menos que alguno de los otros cuatro lo alcanzara antes.

Lo que era bastante dudoso.

Para el 26 de julio faltaba poco menos de tres semanas. Se rió; tal vez debería haberle dicho a Burley que revisara sus cálculos, debería haberle dicho que Castro estaría muerto en tres semanas, no dos meses. Mi viejo y querido «Llámeme-Les», con su oído bien pegado al suelo, déjame que te lo cuente. Probablemente caería muerto de un ataque de apoplejía si supiera que John Harper, este inocente promotor inmobiliario, era el hombre que le abriría a Fidel Castro un agujero adicional en la cabeza.

Garrison bajó la cortina y volvió a la cama. Al diablo con todo, pensó. Había muchas cosas insignificantes de las que reírse, cosas como «Llámeme-Les» Burley, pero las cosas importantes no eran tan graciosas. Él tenía sus propios problemas.

El problema era Estrella. La respuesta fácil era demasiado fácil: librarse de ella, olvidarla, volver a Estados Unidos y dejar que se pudra. Era la respuesta adecuada, pero no resolvía el problema.

Porque el problema era que él quería llevársela. Ella era una nueva clase de mujer: no le pedía nada, no quería nada, no hablaba de más y no le molestaba. Estaba con él cuando él la deseaba, y lo estaba completa y totalmente. Lo dejaba en paz cuando él necesitaba estar solo. Sabía mantener la boca cerrada.

Y él quería quedársela. A eso se reducía todo: ella era una bonita posesión y él no quería abandonarla. Pero llevársela no encajaba del todo con sus planes, ni con su estilo de vida. Tendría que salir de prisa, condenadamente rápido. No tenía tiempo para las ceremonias de un noviazgo de guerra. Y tal vez tendría que darse a la fuga, sobornar a algún piloto afecto a los dólares para que lo llevara de regreso a toda prisa. En el negocio de Garrison había que viajar ligero. Lo primero que había que aprender era a no atarse a nada; ni a un hogar, ni a una ciudad, ni a ningún objeto. Uno vivía con lo que podía llevar en una maleta y debía estar dispuesto a abandonar esa maleta si era necesario.

Y, por supuesto, uno se mantenía lejos del amor.

Las mujeres estaban bien; eran parte de las recompensas de su oficio: historias caras, prometedoras, de una sola noche. Pero amor no. ¡Por todos los cielos, nada de amor!

Un golpe a la puerta.

—¿Quién es?

—Estrella. Déjame entrar, Arper.

Abrió la puerta. Ella se hundió en sus brazos, blanda y cálida. La misma excitación. Ocurría todas las veces: el calor, la tensión, el deseo. Todas las veces.

Y luego:

—Te quiero, Arper. Te quiero.

—Te quiero, Estrella.

TRES DÍAS NO habían cambiado nada. Tres días, y la misma cantidad de movimientos en la carretera hacia Santiago, no habían hecho nada para aliviar la tensión en la banda rebelde. Garth no hablaba con Fenton. Tampoco hablaba con Manuel, y puesto que nadie más sabía inglés, entonces no hablaba con nadie. Pasaba el tiempo observando a María. Nunca se le acercaba, pero no dejaba de mirarla. Y la tensión crecía. Se suponía que Castro aparecería esa misma semana. Ellos ya habían tomado posición, una posición que supuestamente podrían mantener cuando llegara el momento. El campamento estaba en las montañas, pero cerca de una formación rocosa desde la que se veía la carretera. Desde esas rocas no sería nada difícil preparar la emboscada. Manuel se lo había explicado a Fenton, aunque en realidad no hacía falta explicar mucho.

Había riscos a ambos lados del camino. Habían dinamitado la montaña para hacer la carretera, y había quedado roca todo alrededor. Unos arbustos crecían en las grietas y proporcionaban cobertura adicional. Cuando llegara el momento, los rebeldes se apostarían allí, la mitad a cada lado del camino. En ese momento eran diez: Manuel, María, Garth, Fenton, Taco Sardo, Francisco Seis y cuatro reclutas nuevos cuyos nombres Fenton aún no conocía. Esperarían el convoy motorizado encabezado por Castro. Entonces, cuando un triunfante Castro avanzara a toda velocidad hacia Santiago, abrirían fuego y lo matarían.

—Si tenemos mucha suerte –dijo Manuel—, Raúl, el hermano de Fidel, estará con él. En el mismo vehículo. Quizás matemos a dos pájaros. ¿Así es como se dice?

—¿Te refieres a matar dos pájaros con la misma piedra?

—Sí, me refiero a eso. Sería bueno matarlos a los dos. Sería muy bueno.

Fenton no dijo nada. Estaba preparado para matar, preparado y a punto para matar a Fidel Castro. No se le ocurría que sería bueno o malo añadir al hermano de Fidel a la lista de bajas. No veía cómo encajaba en todo eso.

—Fidel y Raúl –continuó Manuel—. Me volveré muy famoso, amigo. Seré el hombre que ejecutó a los dos Castro. Eso me hará muy importante para la gente. ¿No es cierto?

—Por supuesto –dijo Fenton.

—Y tendré seguidores. Mi nombre se convertirá en una fuerza unificadora, una fuerza que alce a los cubanos contra los carniceros Castro. Tal vez griten mi nombre, amigo.

Fenton asintió, sin mucha certeza.

—Cuando Castro esté muerto –preguntó Manuel—, ¿qué harás tú?

—No lo sé –respondió Fenton con sinceridad. Por algún motivo, nunca había pensado en ello. Todo su ser estaba preparado para una sola cosa: la destrucción de Castro. Lo que pasara a continuación no le importaba. Después de que Castro muriera, Fenton esperaría que el cáncer lo matara a él. No parecía importar dónde esperaría, o qué haría mientras tanto. Estaría esperando la muerte.

—Podrías quedarte en Cuba.

—¿Por qué?

—Con nosotros –dijo Manuel—. Habrá muchos combates, desde luego. Una revolución, una revolución total. Tú ya has luchado a mi lado, y podrías seguir haciéndolo.

—¿Contigo?

—Por supuesto –respondió Manuel.

Sacó una navaja del bolsillo de su chaqueta, abrió la hoja, y, distraídamente, cortó una rama delgada de un árbol. Empezó a podarle las ramitas más pequeñas.

—En una época hacía cañas de pescar así –dijo—. Cuando era niño.

Fenton mantuvo la boca cerrada.

—Aquí, en Cuba –continuó Manuel—, habría sitio para ti. Un lugar mejor que en Estados Unidos.

—¿Qué clase de sitio?

Manuel se encogió de hombros. Había pasado a usar la navaja para arrancarle la corteza a la rama. Era muy hábil con ella. Quitó la corteza y dejó al descubierto la madera blanca y limpia que había debajo.

—El otro día –dijo—, María me contó lo que sucedió.

—¿Te refieres a lo que pasó con Garth?

Manuel asintió.

—Me noqueó. Tuve suerte de poder recobrar la conciencia a tiempo para hacer algo.

—Te has portado muy bien –replicó Manuel—. Cuando te conocí, pensé que eras menos hombre de lo que realmente eres. Me refiero a que no sabía si serías bueno en la lucha. Pensaba que eras un hombre callado, ¿sabes?

—Soy un hombre callado.

—Tienes mucho coraje. En ese momento no lo sabía. Ahora sí lo sé. Por lo que pasó con María, por la forma en que luchaste a mi lado. Tienes mucho coraje, amigo.

Fenton no sabía qué decir. Se sentía complacido. Se sentía... vivo, útil. Estaba muy complacido.

—Después de todo esto –continuó Manuel—, te quedarás con nosotros, ¿sí?

—Si tú lo quieres. –Por qué no, pensó. No había ningún lugar al que ir, ni nada que hacer, salvo esperar la muerte. Podría esperarla en Cuba. Podía morir luchando, morir al lado de Manuel. Era su amigo, su camarada de armas. Mejor morir a su lado que en el cubículo del cajero del Metropolitan Bank de Lynnbrook.

—Quiero que te quedes.

—Entonces me quedaré, Manuel.

Manuel empezó a cortar la rama en segmentos pequeños, que luego arrojaba distraídamente a los arbustos.

—Habrá cosas buenas para ti –prosiguió, en voz baja pero intensa—. Cuando muera Castro, empezará la revolución. Y esa revolución durará poco tiempo. Los castristas huirán de la isla igual que huyeron antes los seguidores de Batista. Y entonces, amigo, Cuba será nuestra.

Fenton no dijo nada. Algo lo molestaba, lo ponía nervioso. No estaba seguro de qué podría ser.

—Alguien tendrá que dirigir la nación –dijo Manuel—. Alguien tendrá que ser el hombre fuerte, el dirigente.

—¿A qué te refieres?

Manuel no respondió directamente.

—Un hombre con reputación –dijo con voz serena—. Un hombre que la gente conozca. Un hombre, por ejemplo, con las cabelleras de Fidel y Raúl en su cinto.

—¿Te refieres a ti?

Manuel se encogió de hombros.

—Alguien debe hacerse cargo de esa tarea. Y me sería útil tener un asistente. Un norteamericano, para que en Estados Unidos sepan que Cuba está con ellos y no con los comunistas. Un hombre como tú, por ejemplo.

Lo dejaron allí. Pero más tarde Fenton pensó en la conversación y sintió que algo parecido al asco se esparcía por todo su cuerpo. Eso era la revolución, eso era el alzamiento del pueblo; Manuel ya estaba sediento de poder, mucho antes de que Castro muriera. Eso era la revolución.

Bueno, al diablo. Él tenía un trabajo que hacer y eso era lo único que le importaba. Castro era un dictador y moriría. La revolución seguiría adelante y él, Fenton, se sumaría a ella.

Con el tiempo, Manuel, o alguien como él, sería el dictador; probablemente igual de despótico que Castro, tal vez peor. Pero a Fenton eso no lo preocupaba.

Estaría muerto antes de que ocurriera.

OCHO

ERAN POCO MÁS de la medianoche del 1 de enero de 1959. Fulgencio Batista cargó su equipaje en una limosina. Lo acompañaban su segunda esposa y tres de sus hijos, listos para marcharse de la residencia presidencial de Kuquine. Batista se despidió de sus sirvientes y les dijo que la familia iba a emprender un corto viaje. Luego, con la limosina flanqueada por vehículos del servicio secreto llenos de soldados con ametralladoras, el dictador se dirigió a Campo Columbia.

Menos de dos horas más tarde, el avión de Batista estaba en el aire, rumbo a un refugio en la República Dominicana. Como un ladrón al amparo de la noche, el hombre fuerte de Cuba había huido de su propio país. Su tiempo en el poder había terminado y lo único que podía hacer era tratar de salvar la vida.

La revolución fue un éxito rotundo. El día siguiente Castro y sus barbudos seguidores atravesaron triunfantes las calles de todas las ciudades principales de la isla. Se formaban multitudes a su paso, que gritaban el nombre de Castro hasta quedar roncos. El Movimiento 26 de Julio, que se había comprometido incondicionalmente con la causa de la libertad, había triunfado.

La victoria de Castro significó su propia derrota. Las vivas a la revolución fueron su toque de difuntos. Porque los hombres que ganan guerras son ineficaces para hacer la paz, y es muy común que aquellos que obtienen fama de rebeldes no estén capacitados para la tarea de gobernar la tierra que han liberado. El paso de traidor a héroe es demasiado repentino, y no es fácil cumplir adecuadamente con el nuevo papel.

Hubo excepciones; George Washington en Estados Unidos, por ejemplo. Pero esas excepciones son escasas y están muy dispersas en el tiempo. A los hombres que derrocan dictaduras les resulta demasiado sencillo meterse en los zapatos del dictador, a los liberadores termina siéndoles muy fácil usar sus propias cadenas para someter a la nación.

En diciembre de 1958 Fidel Castro era un forajido; llevaba cinco años y medio siéndolo. En enero de 1959 era un héroe nacional, un líder reconocido. Un hombre con más grandeza se habría afeitado la barba de rebelde, habría bajado del pedestal en el que su país lo había colocado, se habría enfrentado a los comunistas que estaban multiplicándose en su propio bando —de la misma manera en que antes había aceptado ayuda de los comunistas en la universidad y luego se había vuelto contra ellos—, habría llamado de inmediato a elecciones limpias y puesto fin al período del terror. Pero la mayoría de los hombres habría hecho exactamente lo que él hizo. El poder lo esperaba, y él lo aceptó.

Se había convertido en un héroe de fama mundial. Aparecía en portadas de revistas norteamericanas. Los cubanos vitoreaban cada una de sus palabras. Jrushchov le alimentaba el ego. Los países sudamericanos le temían. Estados Unidos, por desgracia, lo trató con guantes de seda, por temor a la opinión internacional.

Pero Fidel se mantuvo en sus trece, seguro de que era invencible, el hombre del momento. Desde luego que había hecho promesas, promesas que parecían sencillas cuando era un guerrillero en las montañas de Oriente, que transmitía palabras de aliento a través de la radio rebelde a oyentes esperanzados de todas partes. Pero cuando Batista fue expulsado y Castro llegó el poder, esas mismas promesas resultaron mucho más difíciles de mantener que antes formularlas.

En mayo de 1958 le había dicho a Cuba: «Personalmente, no aspiro a ningún puesto y considero que ésa es prueba suficiente de que combato por el bienestar de mi pueblo, sin ninguna ambición personal o egoísta que afee mi conducta. Después de la revolución convertiremos el movimiento en un partido político y lucharemos con las armas de la constitución y la ley. Ni siquiera entonces aspiraré a la presidencia porque sólo tengo treinta y un años».

¿Lo había dicho en serio, o era su manera de ocultar a los cubanos su verdadero propósito? Al principio, sus palabras parecían sinceras, porque nombró a Manuel Urrutia presidente provisional de Cuba y convocó a elecciones generales para menos de un año después. Luego depuso a Urrutia y pospuso esas elecciones indefinidamente. Jamás se celebraron.

Parecía más sencillo tomar el camino rápido y fácil. Él tenía el poder y la nación estaba dispuesta a seguirlo. ¿Para qué molestarse con elecciones? ¿Para qué esperar a que hubiera leyes? Se excusó diciendo que debía retener el poder hasta que la revolución fuera una realidad y se hubieran llevado a cabo las reformas. Conservó la barba y siguió usando el uniforme de guerrillero. La libertad podía esperar, o ser relegada para siempre.

Ése fue el primer paso: la suspensión de los mecanismos democráticos. Luego se produjo la eliminación de los procesos judiciales. El país rebosaba de ex socios y tenientes de Batista. Fidel tenía una respuesta sencilla: los fusilaba. Una vez más, la justicia revolucionaria. Esa terminología que había nacido con las ejecuciones en las colinas volvió a la luz. No se realizaban juicios con la excusa de llevaban tiempo. Se producían arrestos rápidos y sistemáticos. A los detenidos los hacían comparecer ante un tribunal revolucionario que los declaraba culpables. Luego los trasladaban a un patio donde los esperaba el pelotón de fusilamiento.

Había precedentes, por supuestos. El Comité de Salvación Pública, con su reino del terror, que había enviado a miles a la guillotina en la Francia del siglo XVIII. La revolución rusa, con sus ejecuciones masivas de oficiales zaristas. Castro llamaba al proceso justicia revolucionaria, pero no era más que otro nombre para el terror. Él no era mejor que el hombre al que había depuesto, Batista.

Las ejecuciones generaron protestas y alejaron a simpatizantes, en especial en Estados Unidos. Fidel Castro no entendía las críticas. «Batista nunca juzgó a nadie», dijo. «Los mandaba matar, y nadie protestaba ni se quejaba. Estos hombres son asesinos. Nosotros no matamos inocentes ni opositores políticos. Ejecutamos asesinos que se lo merecen».

Tal vez era cierto, pero Batista ejecutaba por la misma razón: para aplastar la oposición. Y métodos que son legítimos para una guerrilla no lo son para un gobierno.

Así como la política interior de Castro relegó la democracia, la política exterior lo alejó cada vez más de Estados Unidos. Había declarado en varias ocasiones que no confiscaría propiedades extranjeras, que no era comunista, que Estados Unidos no era su enemigo. Pero su posición comenzó a cambiar. Los intereses empresariales estadounidenses no dejaban de acusarlo de comunista. La prensa norteamericana se hizo eco de esa acusación, aunque Castro la negó vehementemente.

Aún así, confiscó refinerías petrolíferas y tierras cuyos dueños eran norteamericanos. Acusó a Estados Unidos de crimen tras crimen, utilizando a Norteamérica como un conveniente chivo expiatorio para justificar cada una de sus medidas extremas. Cada día se alejaba más de Occidente y se acercaba al bloque comunista. Veía un enemigo en todo aquel que discrepaba con él, un peligro potencial en los que se le oponían.

Había derrocado a un dictador. Luego se había convertido en uno. El pueblo cubano seguía apoyándolo y adorándolo. Pero ya se habían sembrado las semillas del descontento.

NUEVE

LA SEÑORA LUCHAR hablaba. Estaban en la sala, ella, Turner y Hines, bebiendo las inevitables tazas de fuerte café negro. Hines no soportaba el café, ni a la señora Luchar, ni a Turner, ni a nadie más en el mundo; mucho menos a sí mismo. Sus dedos aferraban la tacita blanca con tanta fuerza que temía que se le rompiera en la mano. Ojalá tuviera el hábito de fumar; un cigarrillo le vendría bien, pero parecía un momento estúpido para empezar.

—Hoy es veinte de julio –decía la señora Luchar—. Mañana Castro hará su viaje a través de la isla. El jueves dará un discurso en Santiago para los trabajadores y los campesinos. Luego regresará aquí, a La Habana, a tiempo para conmemorar el aniversario del Movimiento 26 de Julio. Va a hablar el domingo en la plaza principal. No es lejos de aquí. ¿Saben dónde se encuentra?

Hines asintió.

—Ése es el momento –dijo Luchar—. Habrá una multitud inmensa, demasiada gente para que la policía pueda hacer gran cosa. Van a usar bombas, ¿verdad? ¿Bombas arrojadizas?

—Correcto –respondió Hines.

—Entonces se mezclarán con la multitud y tirarán las bombas. Luego huirán y regresarán aquí. Nosotros nos encargaremos de llevarlos de regreso al continente.

—Suena complicado.

—¿Cómo dice, señor Turner?

—Sí –continuó Turner—. Sí, suena complicado. Nosotros estaremos en medio de todo. No es difícil tirar bombas. Es difícil escapar.

La mujer lo miró.

—Es correr un riesgo –dijo Turner.

—Por supuesto. ¿Y cuánto les pagan por correr ese riesgo? ¿Veinte mil dólares? No les pagarían tanto si no hubiera riesgos, señor Turner.

Ella se volvió y los dejó solos. Turner se encogió de hombros y se dirigió hacia las escaleras que bajaban al sótano. Hines se levantó, con poco interés en seguir a Turner. ¿Pero a qué otro lado se suponía que podía ir?

Turner le preguntó:

—¿Qué piensas del plan?

—No lo sé.

—Seremos blancos fáciles. Si lo hacemos como dice ella, estaremos más muertos que el infierno antes de que explote la primera bomba. No me gusta.

—¿Entonces?

Turner vaciló. Luego declaró abiertamente:

—Quiero salirme, Jim.

—Bromeas.

—No, hablo en serio.

—¿Tú? –Hines ya se había puesto de pie, con una expresión de asombro en los ojos. Esto era demasiado, pensó. El viejo Turner, el tipo duro, el bandido desesperado. Quería salirse.

—Yo.

—¿Por qué? ¿Te estás acobardando, por el amor de Dios? ¿Tienes miedo?

—Así es.

—Bueno, no lo entiendo.

Turner se encogió de hombros.

—No hay mucho que entender. Acepté este trabajo para huir de una acusación de homicidio en Estados Unidos. Pensaba ir a Brasil. Bueno, ¿por qué Brasil? Estoy en Cuba. Puedo quedarme.

—¿Quedarte aquí?

—Conseguir trabajo, un lugar donde vivir. No lo sé. Me gusta este sitio, Jim. Y ya estoy aquí. ¿Para qué cometer otro asesinato y tener que volver a huir?

—Jesús. ¿Qué harías aquí, por el amor de Dios?

—Cualquier cosa. Se está construyendo mucho, y yo ya he hecho trabajo de construcción. Sé manejar máquinas pesadas y les falta gente en esa clase de oficio.

—¿De modo que tirarás a la basura veinte de los grandes para manejar una excavadora? No es propio de ti, Turner.

—Tal vez no. O tal vez sí. No lo sé. Me hecho amigo de un tipo. Algo así como un estafador de poca monta. Quiere que me asocie con él. Hace algunas operaciones poco legítimas y se gana la vida. Y eso suena condenadamente mejor que lanzar bombas como un imitador de anarquista. Castro no es mi enemigo. Tal vez sea mala persona, pero eso a mí no me afecta en nada. Lo único que quiero es un lugar bonito y tranquilo donde vivir, comida, alcohol y una mujer cuando la necesito. Puedo obtener todas esas cosas en este país y no importa quién está al mando.

—De modo que renunciarás.

—Quizás.

Hines se acercó a su catre, se sentó. Estaba sudando. Primero la verdad sobre Joe y ahora Turner que salía de la escena, que arruinaba toda la operación renunciando y dejándolo solo. Todo se venía abajo; todo su pequeño mundo.

No sabía cómo volver a levantarlo.

—Por Dios –dijo—. ¿Qué se supone que debo hacer yo ahora?

—Eso es cosa tuya.

—No puedo ir y tirar la bomba...

—Claro que puedes. Yo te la dejaré preparada. Sólo hace falta una persona para arrojarla. Si vamos los dos, les será más fácil detectarnos.

—Pero...

—Incluso puedes quedarte con mi parte del dinero. Cuarenta mil en lugar de veinte.

—¡No me importa el dinero!

—Oye –dijo Turner—. Cálmate, chico.

—No lo sabes, maldita sea. No entiendes nada.

—¿De qué hablas?

—De todo. Joe era mi hermano, maldición, y Castro lo mató. Entonces yo tengo que matar a Castro. ¿No puedes metértelo en tu enorme cabeza?

—¡Entonces mátalo! No me importa...

—¡Maldita sea! ¿Sabes lo que he averiguado, Turner? Castro tenía derecho de matar a Joe. Mi hermano era un traidor; se embriagó con el poder y lanzó su propio golpe. ¿Entiendes lo que te digo? ¡He venido aquí a llevar a cabo una ridícula venganza por el héroe de mi hermano, y resulta que él obtuvo su merecido! ¿No es una buena historia para un condenado libro? Aquí me tienes, viviendo en un sótano asqueroso y haciendo planes como si fuera un personaje de cómic y es todo para obtener venganza. Y Joe no se merece que lo vengue. ¿Qué te parece, Turner? ¿Y qué demonios se supone que tengo que hacer ahora?

Se quedó sentado, mirándolo con furia. Esperó que Turner dijera algo, pero el hombre mayor se quedó en silencio, observándolo con frialdad. Se sentía un chiflado, un idiota. Había gritado a todo lo que le daban los pulmones, como un niño con una rabieta.

—Jim…

—Lo siento, Turner. Me he descontrolado.

—Olvídalo, Jim, vete pitando de aquí. Yo no sabía lo de Joe. ¿Cómo te enteraste?

—Por la mujer Luchar.

—¿Estás seguro de que te dijo la verdad?

—Sí. He preguntado por ahí y… oh, por todos los diablos, ella no tiene ninguna razón para mentirme. Si fuera a mentirme lo haría en otro sentido, Turner. Querría que siguiera con ganas de vengarme para no arruinar el asesinato. No me mintió. Es la verdad. Joe debe de haberse vuelto un poco loco, o algo así. Tal vez perdió la perspectiva, como le ocurrió a Castro. El poder hace eso con las personas. Ha ocurrido a lo largo de la historia. Pero todo esto ha hecho que mi… mi furia se desvanezca un poco, maldita sea. Es como matar al director de la prisión porque tu hermano fue a parar a la silla eléctrica por un asesinato que cometió. Todo se ha vuelto estúpido.

—Sí.

—¿Turner? ¿Qué hago ahora?

—Lo que te he dicho. Huye.

—¿De Cuba?

—Sí. Coge el primer barco a Estados Unidos y quédate allí. No eres un criminal, chico. Eres joven, puedes volver a la universidad y empezar de nuevo. Después tendrás una historia para contar a tus propios hijos. Mientras tanto puedes dedicarte a vivir en lugar de morir. Porque si te quedas en La Habana van a matarte, Jim. Este juego era mi última oportunidad. Supuse que podría haber alguna manera bonita de liquidar a Castro y sobrevivir. Pero no la hay, y yo puedo mantenerme vivo sin hacerlo.

—Pero…

—Y tú también puedes. Mira, no te importa el dinero. ¿Recuerdas? Y la venganza parece que ya no tiene sentido. De modo que entrega las cartas y abandona la partida.

—No lo sé.

Turner cogió un cigarrillo y lo encendió. Le dio una calada profunda y exhaló el humo en una delgada voluta. El aire en el sótano era denso y el humo formó una larga y serpenteante columna que se elevó lentamente hasta el techo.

—Te diré lo que voy a hacer –dijo.

—Adelante.

—Me quedaré aquí hasta el sábado. Hay tres tipos más en esto, no lo olvides. Dios sabe dónde están, pero se suponen que andan por aquí, en Cuba. Ray Garrison, Matt Garth, Earl Fenton. ¿Recuerdas?

—Recuerdo.

—Sí. Bueno. No hay ninguna ley que diga que nosotros somos los que tenemos que liquidar a Castro. Tal vez ellos lleguen a él antes. Si eso ocurre, cobraremos nuestros veinte mil por cabeza sin ningún riesgo. De modo que me quedaré por aquí para ver si pasa algo así. Estaría bien.

Hines no respondió.

—El sábado a la noche –prosiguió Turner—, me marcharé. No preguntes dónde iré porque no podría decírtelo. Me ocultaré unos días para no darles tiempo a *lady* Luchar y a sus hombres de que decidan que ya no les caigo bien. Luego solicitaré la ciudadanía cubana. Iré directo al gobierno y les diré que me buscan por homicidio en Estados Unidos y que el clima de Cuba me gusta más. Conseguiré un permiso de trabajo ese mismo día y los papeles para la ciudadanía una semana después. Y ya estaré listo.

—¿Y yo qué debo hacer, Turner?

—Quédate hasta el sábado. No quieres perder los veinte mil, ¿verdad?

—Ya te he dicho que…

—Que el dinero no te importa. Te oí. Pero no lo tirarías si alguien lo dejara caer sobre tus piernas, ¿verdad?

—No –admitió Hines.

—Bien. De modo que te quedas por aquí hasta el sábado. Luego coges un barco o un avión, vas al consulado suizo y les dices que eres un refugiado norteamericano, algo así. Ellos te llevarán hasta Miami y desde allí puedes seguir solo.

—Eso sería lo sensato, ¿verdad?

—Claro.

Hines asintió para sí mismo. Siempre había una manera sensata, y también había otra manera que parecía más honesta. Decidió que era una verdadera pena que la manera honesta nunca fuera la sensata.

—¿Armarás las bombas? ¿Y me explicarás cómo funcionan?

—¿Para qué…?

—El sábado a la noche –prosiguió Hines desesperada, tozudamente—. El sábado a la noche me enseñarás cómo funcionan las bombas. El domingo puedes desaparecer. Porque el domingo voy a hacer volar a Castro hasta el infierno.

—¿No has entendido nada de lo que dije? ¿No recuerdas lo que tú mismo has dicho, maldición?

—Lo recuerdo.

—Entonces…

—No quiero hablar de ello. Ya sé: me van a matar, es posible, y todo por un hermano que recibió su merecido.

Pero no quiero pensar en ello, me da dolor de cabeza. No puedo soportarlo más. No sé qué está bien o mal, Turner. No puedo distinguir a los héroes de los villanos. No es blanco y negro como una obra de teatro. Son todos matices de gris.

Turner dejó caer el cigarrillo al suelo. Lo cubrió con el pie y lo aplastó para apagarlo. No dijo nada.

—Todos matices de gris –prosiguió Hines—. Y todo se reduce a la misma cosa. Él mató a mi hermano y yo voy a matarlo a él. Siempre vuelvo a esa idea. No puedo coger un barco para volver a Estados Unidos, no puedo huir como una rata al consulado suizo. Tengo que esperar aquí y tengo que hacer volar por los aires a ese cabrón con una bomba. Eso es lo único que puedo hacer.

Era miércoles a la mañana. María hirvió una enorme olla de agua en un pequeño fuego hecho con ramitas y arbustos. Vertió una o dos tazas de semillas de café en la olla y la dejó hervir diez minutos más. Luego sirvió el café caliente y negro en tazas. Fenton cogió una y se alejó unos pasos, se sentó y encendió un cigarrillo mientras el café se enfriaba.

Era miércoles a la mañana. Castro pasaría por la carretera a última hora de la tarde o a primera hora de la noche. Un chico había traído la noticia la noche antes, un chico de doce años con ojos hundidos y perlas de sudor en la frente, que corría por la maleza como un ciervo asustado. A última hora de la tarde o primera de la noche; ésa era la información del movimiento clandestino, pasada de boca en boca en susurros, traída hasta ese último punto del camino por un chico de ojos hundidos.

A última hora de la tarde, a primera hora de la noche. Fenton tragó humo y le dio un sorbo tentativo al café humeante. Se quemó la boca y maldijo en silencio. A última hora de la tarde, a primera hora de la noche. Estaba tenso como un resorte, alterado como una granada de mano a la que le habían quitado la anilla. A última hora de la tarde, a primera hora de la noche.

Al día siguiente Castro daría un discurso en Santiago. O, si tenían suerte, al día siguiente Castro daría un discurso ante los muertos, hablaría con los otros cadáveres en el idioma que usan los cadáveres. Castro viviría o moriría, y eso se decidiría pronto; a última hora de la tarde, a primera hora de la noche.

Todo el campamento estaba tenso, con una mezcla de ansiedad, miedo y crispación. Los últimos días habían sido malos. El martes, cerca del mediodía, un jeep con dos soldados había aparecido en la carretera moviéndose a baja velocidad. Un par de castristas en patrulla. Manuel había ordenado a todos que dejaran pasar al jeep y a los soldados. No podían arriesgarse a delatar su posición, hasta que la gran presa estuviera en las miras de sus subfusiles Sten. Un jeep con dos soldados no era un blanco, cuando el mismo Fidel estaba a punto de entrar en el campo de tiro.

Pero Taco Sardo olvidó la orden o no le hizo caso. Su Sten eructó balas desde encima de la formación rocosa y el jeep se detuvo, con un neumático desintegrado. Los soldados salieron con rifles automáticos en las manos y hubo que matarlos de inmediato. No se les podía permitir que huyeran, que dieran aviso a la guarnición de que había rebeldes emboscados en el camino de Santiago.

Había sido una lucha breve y desesperada. Uno de los nuevos reclutas murió; una bala castrista le arrancó la mitad de la cara. Garth alcanzó a uno de los soldados con una andanada de su Sten pero el otro regresó de pronto al jeep, listo para conducir hasta Santiago con las llantas si era necesario.

Dos de los rebeldes pararon el jeep. Manuel disparó a otro neumático y Taco Sardo, que había empezado todo el lío, corrió a la carretera para meterle al soldado una bala de pistola en la garganta.

El jeep ya no funcionaba. Entre cuatro se las arreglaron para empujarlo por la carretera una corta distancia. Luego, con ayuda de dos más, levantaron el vehículo arruinado y lo sacaron de la carretera, ocultándolo en la maleza. Recogieron a los dos soldados muertos y los llevaron a lo alto de la colina donde sus cuerpos se pudrirían. María fregó la sangre de la carretera, Fenton recogió astillas de vidrio roto. Cuando terminaron, no quedaban señales de la lucha. La carretera volvía a estar limpia y vacía.

Eso ya había sido bastante problema. Ese episodio, por sí solo, había aumentado la tensión, había estirado los nervios de todos como la cuerda de un arco.

Hubo más el martes por la noche. Fenton no estaba seguro de qué había ocurrido, pero mientras estaba sentado solo entre las rocas vigilando la carretera, oyó un grito agudo, maldiciones en español, un rugido de dolor. Y esa misma noche, poco más tarde, vio a Garth con profundos arañazos en la cara. Y María tenía el ceño fruncido, los ojos pozos de amargura.

Fenton bebió café y fumó otro cigarrillo. Aún estaba por verse, pensó, si la comitiva de Castro llegaría antes de que los rebeldes se mataran entre sí. Era evidente que Matt Garth no aprendía de la experiencia; seguiría adelante hasta que alguien le metiera un balazo. Taco, sediento de sangre después de la herida en la pierna, dispararía a todo lo que se pusiera a tiro. Manuel estaba sentado, hundido en sus pensamientos; seguía siendo el líder pero ahora estaba acosado por su sueño de poder y gloria. María ardía de miedo y furia. Y Earl Fenton, el hombre callado, el refugiado de una caja del Metropolitan Bank de Lynnbrook, el hombre con cáncer en los pulmones, bebía un café amargo y fumaba cigarrillos fuertes mientras esperaba que Fidel llegara y se encontrara con la muerte.

A última hora de la tarde.

O a primera hora de la noche.

A MARTH GARTH le gustaban las cosas sencillas y directas. Si las cosas se complicaban demasiado se arruinaban. Cuando uno quería a una mujer, la tomaba. Cuando uno aceptaba matar a alguien por dinero, uno iba y lo mataba. Y cuando uno estaba irritado con un hijo de puta que había estado molestando, bueno, uno iba y le atizaba una buena.

Que era lo que él iba a hacer.

Acababa de terminar su turno de vigía. Había permanecido en cuclillas entre piedras tan mudas y enormes como él mismo, el subfusil Sten acomodado en una saliente de la roca con un cargador lleno en la recámara. Y cuatro soldados aparecieron en un jeep destartalado, escudriñando la maleza en busca de rebeldes. Uno de ellos, un chico lampiño, había enfocado un par de prismáticos en el punto preciso en el que se encontraba Garth. El dedo de Garth estaba preparado en el gatillo. Una andanada del Sten habría mandado al infierno a esos cuatro cabrones. Pero el chico de los prismáticos no había visto nada y los soldados se habían marchado.

De modo que al diablo con la vigilancia. Uno de los cubanos lo había relevado, un tipo que se llamaba Jiménez, y Garth ya no tenía que quedarse vigilando como un maldito crío jugando a los policías y ladrones. Tenía mejores cosas que hacer.

Lo primero era encontrar a Fenton. Darle su merecido. María había estado tumbada boca arriba, lista para aceptarlo, y Garth había estado listo para dárselo. Y ese entrometido, Fenton, había tenido que arruinarlo todo.

Garth rió. Ese bastardo no sabría qué hacer con una mujer aunque ella se le pusiera delante y se lo sirviera en bandeja, pero aún así había tenido que estropearle la oportunidad a Garth.

Bueno, la próxima vez sería distinto.

Garth sonrió. Seguía sonriendo cuando encontró a Fenton junto a la hoguera apagada. Fenton no le devolvió la sonrisa.

—Oye –le dijo en tono tranquilo—, quería hablar contigo.

—¿Sobre qué?

—Cosas privadas –respondió Garth—. Escúchame, lamento haberte pegado el otro día. Perdí la cabeza. Estaba muy excitado con la hembra y no pude pensar en ninguna otra cosa.

—Oh –dijo Fenton—. Bueno, no pasa nada.

—¿No me guardas rencor?

—No.

—¿Nos damos la mano?

Fenton pareció vacilar; luego aceptó la enorme mano ofrecida. Se estrecharon las manos solemnemente.

—Bien –prosiguió Garth en tono inocente—. Hablemos. Tengo cosas que deberías saber.

—Cuéntamelas.

—Es privado, Earl. Vamos… metámonos un poco en el bosque. Estos hispanos escuchan todo el tiempo.

Fenton se encogió de hombros, se puso de pie. Llevaba el subfusil Sten en una mano. Garth lo hizo alejarse del campamento y meterse en la maleza, lejos de la carretera.

Le dieron ganas de reír; se estaba poniendo interesante. A estos tipos complicados como Fenton se los podía engañar con total facilidad. Las cosas sencillas eran las mejores, maldita sea.

—¿De qué se trata todo esto, Garth?

—Oh, es interesante –dijo Garth, tratando de ganar tiempo—. Es sobre este pájaro, Castro. Al que vamos a pegarle un tiro en la cabeza mañana.

—Quieres decir hoy. En cualquier momento, en realidad.

—Sí –dijo Garth—. Bueno, cuando sea. Será muy divertido contarlo luego en la calle Bleecker, ¿sabes? ¿Puedes imaginártelo?

—¿Eso es lo que querías?

—No exactamente. Pásame el arma un momento, Earl.

Fenton le pasó el fusil.

—¿Para qué lo quieres?

—No lo quiero –dijo Garth, mientras arrojaba el Sten entre los arbustos—. Sólo quería que tú no lo tuvieras encima, Earl, cariño. Porque te voy a moler a palos, Earl.

—Yo no…

Eso fue todo lo que dijo. Garth le hundió un puñetazo en la boca del estómago que lo hizo doblarse por la mitad. Luego volvió a enderezarlo con un gancho de derecha y lo tiró al suelo con un *cross* de izquierda en el pecho. Fenton quedó allí tirado, como si lo hubiera atropellado un camión.

—Has caído en la trampa –dijo Garth—. ¿Así que no me guardas rencor? ¡Yo siento mucho rencor, hijo de puta!

Levantó a Fenton y le pegó de lleno en la cara. A Fenton empezó a sangrarle la nariz. Lo golpeó, le reventó los labios, sintió que los dientes cedían. Esta vez lo dejó caer el suelo. Lo pateó con fuerza, percibió el crujido de costillas rotas y volvió a patearlo. El hombre del suelo parecía sin vida, inerte, pero Garth sabía que no estaba muerto. Matt Garth era un profesional, maldita sea. Podía moler a palos a un tipo sin matarlo. Sabía su oficio.

Oyó algo y giró. María los había seguido; estaba en el claro, con un arma en la mano, los ojos clavados en Fenton. Luego los ojos se movieron a Garth y lo miraron con odio. Pero Garth hizo caso omiso del arma. Golpear a Fenton lo había excitado; siempre se excitaba después de ejercitar los músculos, siempre necesitaba a una mujer lo antes posible. Y ahí había una mujer; al diablo con el arma que ella tenía en la mano.

Se le abalanzó. Hubo un momento en que María podría haberle disparado, pero no había anticipado ese movimiento y perdió la oportunidad. Todo el peso del cuerpo de Garth chocó contra ella; el golpe hizo que ella soltara el arma y cayera al suelo. Él se lanzó encima, y aunque ella se resistió no podía hacer nada. Garth la tenía donde la quería.

Fenton no iba a detenerlo, esta vez no. Nadie iba a toparse con ellos. Esta vez, maldita sea, se la iba a tirar hasta dejarla inconsciente.

Le arrancó la ropa y la dejó desnuda. La golpeó con fuerza en la cara o en el estómago o en los pechos descubiertos cada vez que ella intentaba resistirse. Luego luchó momentáneamente con su propia ropa, volvió a golpearla, le abrió las piernas a la fuerza, y la penetró. Ella se había dado por vencida, sabiendo que resistirse era inútil, resignada a lo inevitable.

Garth se hundió profundamente en la blanda calidez de ella. María volvió a debatirse, durante un instante.

Y luego, por fin, todo acabó.

Él se incorporó con lentitud.

—Eres una chica muy caliente –le dijo a María—. Tendremos que hacerlo de vuelta pronto.

En los ojos de ella sólo había odio.

Garth rió. Miró a Fenton, que ya estaba consciente, de pie y capaz de moverse. Fenton había recuperado su arma. Y María recogió la suya.

—Vamos –les dijo—. Tenemos que enfrentarnos a Castro. Después podemos divertirnos un poco más.

Les dio la espalda y volvió a meterse en la maleza, de regreso hacia el campamento. Cualquiera de los dos podría haberle disparado. Pero sabía que no lo harían. Para ambos, Castro estaba primero.

Y ninguno le disparó.

ERNESTO BEBIÓ UN pequeño sorbo de un vino tinto agrio. El corpulento cubano puso la copa sobre la mesa y sonrió ampliamente.

—Mi amigo –dijo—. Has decidido quedarte en Cuba, ¿verdad?

—He decidido quedarme –dijo Turner.

—¿Y conseguirás papeles? ¿Te convertirás en ciudadano? Turner asintió.

—Se me acaba de ocurrir algo –dijo Ernesto—. Tengo un amigo que trabaja en el Departamento de Inmigración. No está ocupado estos días. Son más las personas que quieren irse de Cuba que las que quieren entrar. Este amigo mío es un buen hombre. A ti te caería bien, amigo.

—Tú tienes muchos amigos, Ernesto.

—¿Y qué hay con eso? ¿Acaso un hombre puede vivir sin amigos? El valor de un hombre se mide por sus amigos. Este amigo mío, este administrativo, puede facilitar las cosas. Es complicado conseguir una ciudadanía, incluso en Cuba. Hay burocracia. Pero mi amigo puede atravesar esa burocracia. Preparar los papeles, conseguir la firma, aplicar un sello oficial, y convertirte un ciudadano de Cuba. ¿No es sencillo?

—¿Debemos ir a ver a este amigo?

—Es muy fácil.

Turner lo pensó.

—No tengo dinero –dijo—. ¿No costará dinero que tu amigo facilite las cosas?

Ernesto suspiró y extendió las manos con las palmas hacia abajo.

—Se trata de un amigo –dijo—. No un conocido, sino un amigo, y tú eres mi amigo. Una vez le hice un gran favor a este amigo. Una vez se metió en líos con este hombre Torelli, del que te hablé. Era un croupier, y faltó dinero. Yo pude cubrir a mi amigo. De modo que estaría feliz de devolverme el favor. No hará falta dinero en este caso.

—Bueno –dijo Turner—. Eso es distinto.

—Exacto. Vamos, amigo. Y en una hora serás un ciudadano libre de Cuba. Luego volveremos al burdel, ¿sí? Necesito una mujer. Y festejaremos tu ciudadanía.

Dos horas más tarde Turner era un ciudadano de Cuba. Los tres –él, Ernesto, y el funcionario de migraciones— bebieron para celebrar. Luego tomaron un taxi hasta un burdel que a Ernesto le gustaba. Turner era feliz. Estaba a salvo. No tenía que pensar en asesinar a Castro.

Divisaron la comitiva de Castro a las seis y diecisiete.

UNO DE LOS reclutas nuevos estaba a cargo de la vigilancia. Vio aparecer el primer jeep, lo vio desde lejos, en la carretera. Dio la señal y la banda rebelde empezó a ponerse en posición, ubicándose en puntos estratégicos a lo largo de las formaciones rocosas a ambos lados de la carretera. Fenton estaba listo, con el arma en la mano, el corazón golpeándole en el pecho. Apoyó la espalda contra una piedra, para prepararse; luego cambió de posición y se tendió boca abajo en la grieta entre dos rocas inmensas. Apoyó el estómago en el suelo y apuntó el arma en dirección de la carretera.

Era el momento.

Un jeep con cuatro soldados uniformados encabezaba la procesión. Inmediatamente detrás había un camión cubierto con una lona. Fenton sabía que en su interior había hombres. Soldados, armados con rifles y ametralladoras y granadas. Y detrás del camión había otro jeep, con más soldados.

Entonces Castro esperaba una emboscada. Eso era obvio; uno no viajaba rodeado de toda la milicia si pensaba que estaba a salvo en un cien por ciento. Había un tercer jeep, con más soldados. Luego una larga limosina Lincoln con las cortinas cerradas.

Castro tenía que estar en la Lincoln. Viajaría allí, tras cortinas cerradas, probablemente fresco y cómodo en un vehículo con aire acondicionado. Y había un par de Buick detrás del Lincoln, seguidos de un montón de jeeps con aún más soldados.

Fenton inhaló profundamente.

La comitiva avanzaba con lentitud. Fenton empezó a sentir ansias de un cigarrillo, una taza de café, algo. Se reafirmó en el lugar, estabilizó su arma. Tenía la impresión de que todo saldría mal, de que era imposible que la comitiva no se oliera la trampa tendida por los rebeldes. Miró al otro lado de la carretera, divisó a Manuel apuntando su arma a través de una pantalla de ramas dispuestas como camuflaje. Vio a María a la sombra de otra roca, luego miró a la derecha y oyó la respiración agitada de otro rebelde. ¡Por Dios, eran demasiado fáciles de ver, demasiado fáciles de detectar! No tenían la menor oportunidad.

El primero de los jeeps se aproximaba. Ya había llegado a la altura de Taco Sardo, que estaba en la posición más alejada. Fenton prestó atención a los motores de los jeeps y del camión, oyó un pájaro que cantaba en un matorral cercano, inspiró con fuerza cuando oyó que otro rebelde se movía y quebraba una ramita. Le parecía que las fuerzas de Castro percibirían cualquier sonido, por mínimo que fuera; que cualquier ruido delataría la posición de los rebeldes. Sabía que era ridículo, pero no podía evitarlo. Trató de contener su propia respiración, de no emitir sonido alguno.

La comitiva seguía avanzando. El plan era sencillo: no dispararían hasta que el primer jeep se encontrara a la altura de la posición cubierta por Garth a un lado y por un hombre llamado Jiménez al otro. En ese momento abrirían fuego. Garth y Jiménez debían lograr que los primeros vehículos se detuvieran y bloquearan la comitiva por delante. Sardo y algunos más harían lo mismo con los jeeps que estaban al final de la procesión. Eso dejaría a Castro en el medio, e impediría que la gran limosina Lincoln escapara ya fuera por delante o por atrás.

El resto quedaba en manos de los rebeldes del centro, Manuel, María, Fenton y uno o dos más. Apuntarían sus armas a la limosina, con Castro como objetivo, el gran pez de la laguna. Sería más fácil con algunas granadas y una bazuca, pensó Fenton. Algo que detuviera al jeep de un solo tiro. Era más difícil hacerlo todo con subfusiles Sten.

Luego dejó de pensar, porque estaba por llegar el momento.

La Lincoln ya estaba a tiro. Fenton la miró directamente, observó el metal reluciente, las cortinas cerradas. Se reafirmó y apuntó el caño de su arma hacia una de las ventanillas traseras. Garth y Jiménez empezarían a disparar en cualquier momento. Ésa sería su señal.

¡Maldición, vamos!

El corazón dejó de latirle durante esos dos segundos. Tenía un presentimiento terrible de desastre y muerte que se negaba a abandonarlo. Sus manos temblaron en torno a la empuñadura del Sten.

Entonces retumbó un disparo.

Fenton se convirtió en una máquina. Se aplastó boca abajo y mantuvo apretado el gatillo del Sten, rociando balas contra la ventanilla de la Lincoln. Pero las cosas pasaban rápido, demasiado rápido. Las fuerzas gubernamentales reaccionaron a la velocidad de la luz, casi como si hubieran estado esperando el disparo con la misma atención absorta del mismo Fenton. El primer jeep giró, salió de la carretera y se detuvo contra las rocas. Unos soldados descendieron arma en mano. El segundo jeep salió disparado después del primero, y el camión con cubierta de lona se lanzó como un bólido en la dirección opuesta derramando hombres en el camino. Las balas no detuvieron la limosina de Castro y los otros vehículos no habían quedado apilados delante. La carretera estaba libre.

Y la limosina Lincoln avanzó como el viento. El chofer apretó el acelerador a fondo y el gran vehículo respondió magníficamente, con la serpenteante elegancia de una cobra a punto de atacar. Se lanzó hacia delante, con la carretera despejada, y las balas de Fenton no parecieron hacer efecto alguno. Apuntó a los neumáticos y erró. Supo instintivamente que Castro estaba aplastado contra el suelo, que se había lanzado allí cuando sonó el primer disparo, que había escapado de la trampa.

La Lincoln no se detuvo. Recibió más disparos que no lograron frenarla. Y ahora les devolvían el fuego. Los soldados de la carretera habían quedado atrapados en el medio, con rebeldes en las rocas a ambos lados. Pero eran demasiados. Fenton vio a cincuenta o más. De un jeep tras otro seguían bajando hombres armados.

Su arma volvió a parlotear y algunos hombres cayeron en la carretera. Abrió el fusil, metió un nuevo cargador, disparó. Unas balas agujerearon la roca que estaba a un costado y él se encogió instintivamente, sin dejar de apretar el gatillo del Sten, sin dejar de hacer llover balas sobre los hombres de la carretera.

La voz de Manuel se oyó fuerte, estridente, llamando a retirada. Fenton vio a Taco Sardo a poca distancia en la carretera. El chico se levantó para correr, pero esta vez no fue una bala de un rifle que le acertó en la pierna. Esta vez fue una ametralladora que le trazó una línea de balas en la espalda desde el cuello hasta el inicio de la columna dorsal. Taco cayó muerto y la batalla arreció.

Fenton logró ponerse de pie y retrocedió hacia el bosque. Sabía que era la única oportunidad. Las tropas del gobierno los aplastarían en una batalla a campo abierto, incluso aunque los rebeldes estuvieran mejor ubicados. La superioridad numérica era demasiado acusada como para compensarla con una posición aventajada. Debían retirarse, ponerse a cubierto en la selva. Ellos conocían la jungla y los castristas no. Era la única oportunidad que tenían.

Las balas levantaron tierra a los pies de Fenton. Había empezado a correr. Las semanas en la jungla lo habían endurecido, le habían dado sabiduría sobre la guerra y la vida al aire libre. Sentía los pies seguros, rápidos y confiados en los traicioneros senderos. Corrió en dirección del campamento, lejos de la carretera y la lucha.

Vio a Garth a un lado, a María al otro. También corrían. Garth se lanzó hacia delante, y Fenton vio a Maria levantar una pistola a la altura del hombro. Se quedó boquiabierto.

La chica, corriendo, disparó la pistola. Y Garth recibió la bala en la nuca.

Saltó hacia delante y murió.

Fenton corrió, encontró dónde ponerse a cubierto, se metió allí. Se quedó quieto tras un grueso macizo de arbustos, reemplazó el cargador vacío del Sten con otro nuevo, contuvo el aliento. Así que Garth estaba muerto; había sobrevivido a la batalla y había muerto porque una mujer de su propio bando lo odiaba lo bastante como para dispararle por la espalda. Garth estaba muerto, y otros rebeldes también estaban muertos, pero las tropas del gobierno no se daban por satisfechas. No cederían, no seguirían su camino, incluso después de haber desbaratado la ofensiva rebelde. Estaban avanzando por los matorrales. Querían matar hasta al último rebelde.

Parecía que lo lograrían.

Fenton vio a Jiménez lanzarse desde la carretera en busca de un lugar donde protegerse. Vio a un soldado sacar la anilla de una granada, vio cómo la sostenía, contando rápidamente en español. Luego vio el lento vuelo de la granada, suave y gorda como un ave rellenita. Jiménez corrió y la granada lo siguió. Luego cayó a sus pies y el hombre lanzó un grito de terror.

La explosión ahogó el grito y Jiménez murió en pedazos.

Los soldados del gobierno siguieron persiguiéndolos. Fenton dejó que el dedo se le congelara en el gatillo del Sten, que escupía plomo sobre los soldados. Los hombres morían por sus balas más rápido de lo que podía contarlos. Pero había demasiados, más de los que alcanzaría a matar.

Vio una escena a su izquierda, dos de los soldados con Manuel. Manuel, el que iba a matar a Castro y gobernar en su lugar. Manuel, que quería convertirse en el valiente líder del pueblo, la figura que uniría a los enemigos de Castro.

Manuel, cuyas ambiciones habían quedado aplastadas.

Tenían a Manuel. Su arma estaba en el suelo, inútil. Y Manuel, el héroe, el líder del pueblo, miró a la muerte y le vio la cara. Gritó como un niño lastimado y las lágrimas surcaron su rostro marrón. Gritó y los soldados se rieron.

Eran dos. Uno apuntó a Manuel en la sien mientras el otro lo castró con un machete. Manuel se desmayó, cayó el suelo. Luego el soldado de la pistola le disparó en la frente.

Fenton los desintegró a los dos con su Sten.

La batalla continuó, parecía que eternamente. Era el crepúsculo, luego todo se oscureció, y en algún momento indeterminado los motores de los jeeps rugieron y los castristas dejaron atrás a sus muertos. Fenton seguía en su macizo de arbustos, todavía a salvo, todavía vivo. Ninguna bala lo había tocado. Al principio no pudo creerlo, pero parecía ser cierto. La batalla había terminado y él, milagrosamente, seguía vivo.

Se mantuvo en esa posición varios minutos, hasta que el último vehículo enemigo estuvo fuera de la vista. Luego salió del macizo de arbustos y contempló la carnicería. Más de treinta soldados del gobierno estaban muertos, algunos en la carretera, otros en los campos. Garth estaba muerto, Manuel muerto y mutilado, Jiménez muerto, Taco muerto…

María estaba viva. La encontró, gimiendo, en un matorral no lejos de él. Tenía una bala en el abdomen; otra bala le había destrozado la pierna izquierda. Gemía y maldecía en español.

Él le entablilló la pierna. Le extrajo las balas del cuerpo, le vendó las heridas. Volvió a encender la hoguera del campamento y le preparó un poco de sopa pero ella se negó a comer. Él siguió cuidándola, tratando de que estuviera cómoda.

Ella murió cerca de la medianoche. Él se quedó sentado junto al fuego, fumando un cigarrillo que le había sacado a un cadáver. Estaba solo, no quedaba nadie más que él. Él, el hombre condenado, el que tenía que morir. Estaba vivo.

Parecía injusto.

Era tarde cuando se durmió. Se despertó a la mañana cuando el sol le dio en los ojos. Se puso de pie, se preparó un rápido desayuno, y salió de la zona.

El último sobreviviente. Ahora debía seguir adelante, matar y matar y matar. El cáncer era un dolor fuerte en su corazón; no le permitiría vivir mucho, y pronto podría dejar de matar y de luchar y de huir. En poco tiempo el cáncer lo mataría, o si no lo matarían los castristas. La muerte vendría de uno u otro lado.Cuando llegara, sería una liberación.

DIEZ

A NINGÚN HOMBRE en la historia le fue más fácil hacerse con el poder que a Fidel Castro cuando Batista huyó del país dejándole las llaves del reino. Desde el principio, Castro contaba con el único ingrediente que Batista jamás obtuvo en todos sus años de despotismo. El apoyo del pueblo.

Había disidentes. Los secuaces políticos que habían prosperado bajo el gobierno de Batista no veían con buenos ojos al rebelde barbudo, desde luego. Y los muy ricos – los grandes terratenientes, los plantadores de tabaco y azúcar— sabían que el régimen de Castro representaría una pérdida económica para ellos. Pero el pueblo de Cuba, los abogados y los médicos y los tenderos y los estudiantes y los trabajadores y los campesinos, apoyaron la revolución sin tapujos. Castro era su líder y ellos eran su pueblo.

No es fácil volverse odioso para la gente que te ama. No basta con cambiar de posiciones para que aquellos que antes te apoyaban luego busquen destruirte. Castro no hizo eso de repente. Ni siquiera lo logró del todo.

Lo primero en desaparecer fue el apoyo norteamericano. Estados Unidos no tardó en desconfiar de Castro, y con buena razón. Sus numerosas reformas se convirtieron muy pronto en otra forma de opresión. Es cierto que algunos campesinos obtuvieron tierras y que se realizaron algunos esfuerzos para combatir el problema de la pobreza. Pero esas reformas vinieron acompañadas de represión, secuestros y confiscaciones que emulaban las anteriores brutalidades de Batista.

Fidel podría haber modificado la opinión popular de los norteamericanos, pero sus años en las montañas no lo habían convertido en un político sutil y contemporizador. Lanzarse con todo como un toro enfurecido y torpe puede ser eficaz en la guerra de guerrillas, pero él intentó aplicar el mismo método a la diplomacia internacional.

Estados Unidos se usó como excusa y causa de todos los fracasos de Cuba, el germen responsable de cada uno de los males de las islas. Castro gritaba que los hombres de Batista habían conservado el poder apoyados por tanques norteamericanos, disparando armas norteamericanas y lanzando bombas desde aviones norteamericanos. Juntó verdades, verdades a medias y mentiras de manera tal que la opinión popular cubana se volvió rápidamente antinorteamericana. Pero el precio fue la amistad de Estados Unidos, que se perdió.

Estados Unidos redujo la cuota de azúcar cubana, una táctica bastante drástica que podría haber destruido la economía de Cuba. Castro negoció con Rusia. Las refinerías norteamericanas confiscadas se utilizaron para procesar petróleo soviético, y los rusos compraron el azúcar de Cuba, pero a un precio significativamente menor. Castro ordenó que el personal de la Embajada de Estados Unidos en La Habana se redujera a un décimo, de la noche a la mañana, lo que tuvo como inevitable resultado la ruptura de las relaciones diplomáticas entre ambas naciones.

Para la manera de pensar de Fidel Castro, todo esto era deseable, todo justificado. Estaba cayendo en la paranoia, el más habitual de los trastornos de personalidad entre los dictadores, en el que se ven traidores y enemigos en todas partes. Castro había definido a sus enemigos en su propia cabeza. Estados Unidos lo perseguía y él se mantendría incólume ante ese enemigo.

Siguió adelante, alejándose cada vez más de la realidad, dejando ex seguidores en el camino. La clase media fue la primera en desilusionarse. Fervientes partidarios de Castro al principio, los profesionales con educación se dieron cuenta muy pronto de que el hombre al que habían apoyado en su lucha contra Batista era sencillamente un tirano de otra clase. Estos cubanos querían libertad, no cambios económicos radicales que llevaran a una economía socialista, ni tampoco ver a Cuba ubicada al lado de Rusia.

La clase media de Cuba era pequeña. En el sistema económico promovido por Batista había poco espacio para la burguesía. Había ricos y pobres, y los del medio eran pocos. Pero la clase media cubana había reunido dinero para Castro, lo había ayudado cuando él más lo necesitaba. Ahora huían de él.

Fueron a Miami, a Tampa. En barco o en avión, con visas legales o como refugiados. Y Castro racionalizó esa deserción moviéndose más hacia la izquierda. La burguesía no tenía lugar en un sistema socialista verdadero, sostuvo. Cuba estaba mejor sin ellos.

Otros revolucionarios los siguieron. Hombres que habían combatido junto a Castro, que habían estado dispuestos a entregar la vida en la lucha contra Batista, se daban cuenta de que no habían obtenido mucho a cambio. Algunos eran idealistas incorregibles, hombres que no se contentaban con nada excepto la perfección, que se rebelaban ante cualquier orden establecido. Pero en su mayoría eran hombres honestos cuya conciencia no los dejaría tranquilos mientras Castro estuviera en el poder.

Algunos de ellos también fueron a Miami o Tampa o Nueva York. Algunos se desentendieron de Cuba, divorciándose totalmente de la política cubana y solicitando la ciudadanía en Estados Unidos. Pero otros se negaron a hacerlo. Reunieron fondos para una segunda revolución, entrenaron ejércitos clandestinos en Florida y Guatemala así como Castro había entrenado a su banda de ochenta y dos rebeldes en los campos de México.

Algunos miembros de su gobierno también desertaron. Cuando un periódico publicaba algún artículo o editorial que él desaprobaba, se vengaba cerrando esos periódicos y silenciando a sus directores. Batista había hecho lo mismo, acusando a los directores de ser escritorzuelos al servicio del partido comunista. Castro los llamó lacayos del imperialismo norteamericano. Las palabras cambiaban pero los hechos eran los mismos. La libertad de prensa y expresión estaba desapareciendo. El despotismo había llegado para afincarse permanentemente.

Y empezó la resistencia.

Era una resistencia inteligente, una resistencia afilada. Los hombres que estaban hartos de Castro habían aprendido de él. Sabían cómo funcionaba la guerra de guerrillas. Entendían el sistema de una red subterránea metropolitana. Sabían qué hacer y cómo hacerlo para acabar con el hombre llamado Fidel Castro.

Una vez más, hombres con armas se ocultaron en las montañas de la Provincia de Oriente, donde tendían emboscadas a los soldados de Castro, incendiaban plantaciones de caña de azúcar y esparcían el descontento. Una vez más, estallaron bombas en la noche de La Habana. El pueblo aún no se había alzado contra Castro. Una buena cantidad de cubanos seguía apoyándolo. Para algunos ojos su aura aún era visible, y su halo, aunque se desvanecía rápidamente, seguía siendo detectable para los seguidores más acérrimos.

Pero el proceso había comenzado.

Hubo una invasión. Estuvo apoyada por la Agencia Central de Inteligencia de Estados Unidos y por ex partidarios de Batista. Pero Castro la aplastó. Tal vez los detalles precisos no se conozcan nunca, pero la invasión fue una obra maestra de mala planificación por parte de los invasores y el gobierno norteamericano. El valor propagandístico para Castro fue inmenso. Durante meses había anunciado a los gritos una invasión apoyada por Estados Unidos, y finalmente se produjo.

Pero el hombre alto y barbudo no había aprendido. Ofreció intercambiar prisioneros por tractores, una jugada que mostraba un desprecio total por la vida humana. Perdió la popularidad que había ganado, y más. Sus partidarios latinoamericanos lo abandonaron. Poco a poco iba alejándose de sus amigos y sumando enemigos.

El final estaba cerca.

ONCE

EL SÁBADO A la tarde Garrison se dirigió a la oficina de la aerolínea. Estaba vestido con su traje de pana, una camisa blanca de tela ligera, una corbata estrecha de fular con dibujos discretos. Se detuvo a encender un cigarrillo, mientras echaba un rápido vistazo a los tres mostradores abiertos, estudiando a los empleados que los atendían. Una era una chica, joven y atractiva. En el segundo había un hombre de unos veintitrés años, de ojos vivaces y alertas, que parecía orgulloso de su uniforme. Garrison se dirigió al tercero, un cubano cuarentón cuya camisa estaba sucia en la parte delantera. Parecía el más fácil de sobornar.

—Necesito dos billetes para un avión a Miami para mañana por la noche –dijo—. ¿Hay disponibilidad?

El empleado revisó su libro y respondió que efectivamente había un par de asientos disponibles en un vuelo que salía del Aeropuerto de La Habana a las 19.15.

—Está bien –dijo Garrison. Le pasó su documento de identificación falso al empleado. El hombre revisó el papel blanco e hizo un gesto señalando su aprobación.

—Para dos billetes –dijo—, hacen falta dos documentos.

—Sólo tengo el mío –repuso Garrison—. Mi amigo no está conmigo en este momento.

El empleado suspiró.

—Es el reglamento –dijo.

—¿Y ese reglamento no se puede flexibilizar?

El empleado reflexionó. Garrison buscó su billetera y logró abrirla y sacar varios billetes sin exhibirse demasiado. Podría haber comprado otro documento falso al viejo falsificador de la Avenida Blanco, pero había deducido que sería más fácil y más barato sobornar al empleado de la aerolínea. Puso dos billetes de veinte dólares norteamericanos sobre el mostrador, pensó un momento, luego añadió veinte más.

Los dólares se esfumaron. El empleado preparó un par de billetes y se los vendió a Garrison. Él los pagó con dinero cubano y se guardó el cambio.

—Debe estar en el aeropuerto antes de las siete –dijo el empleado.

—De acuerdo –respondió Garrison—. ¿No habrá problemas en el aeropuerto?

—Si lleva los billetes, no.

Garrison asintió con un gesto. Se volvió y salió de la oficina, tomó un taxi hasta el Nacional. Paró en un bar a tomar un trago y lo hizo durar media hora. Era un daiquiri, vibrante y fresco. Sorbió el trago mientras se palpaba el bolsillo donde había guardado los billetes de avión. Era posible que se encontrara con algún problema adicional en el aeropuerto, desde luego, pero otros veinte dólares, o alguna suma similar, lo resolverían.

Era todo cuestión de planear bien los tiempos, pensó. Planificación y sentido del tiempo, de eso se trataba todo. El tipo que dijo que no se puede tener a la vez el oro y el moro no había estudiado el asunto lo suficiente. Si uno planeaba bien los tiempos, no había ninguna razón por la que no se pudiera tener ambas cosas.

Pidió otro trago, lo hizo durar diez minutos más, luego entró en el casino del Nacional. Ganó treinta dólares a la ruleta, perdió diez en la mesa de dados, puso cinco más en las máquinas tragaperras. Salió del casino con quince dólares a su favor, se dirigió al restaurante del hotel y gastó la mayor parte de sus ganancias en un bistec. No estaba tan poco hecho como a él le gustaba pero era buena carne y tenía un apetito excelente.

Fumó un cigarro con el café. El camarero le trajo un periódico en inglés y él leyó la última noticia sobre el atentado contra la vida de Castro, la emboscada en Oriente que había salido mal. La limosina de Castro había llegado a salvo a Santiago, dejando a los rebeldes y a un destacamento del ejército combatiendo en la carretera. Garrison leyó la noticia rápidamente. No había nada nuevo: los comunistas sostenían que el intento de asesinato había sido un complot norteamericano, basándose en el hombre de esa nacionalidad que había muerto junto con las fuerzas rebeldes. No había ninguna identificación del cadáver, pero la descripción parecía encajar con Matt Garth.

Garrison terminó el café, dobló el periódico. De modo que ya lo habían intentado una vez, pensó. Y habían fracasado. Bueno, era lógico. En cierta medida él había albergado la esperanza de que alguno de los otros payasos le facilitara las cosas matando a Castro y ahorrándole el trabajo. Pero no era más que una expresión de deseos. Tendría que hacerlo él mismo, y contratar a los otros cuatro hombres había sido malgastar el dinero desde el principio. Él mataría a Castro, se quedaría con el dinero y con Estrella, y eso sería todo.

Pagó la cuenta y dejó una propina. Salió, caminó por la calle y dio la vuelta a la esquina. Terminó el cigarro y arrojó la colilla por la alcantarilla. De regreso al hotel pasó por la plaza, vio la escalinata del Palacio de Justicia donde Castro daría su discurso. Habían puesto gradas para que algunos espectadores pudieran sentarse, y barricadas para impedir que la muchedumbre se amotinara y la vida de Castro corriera peligro.

Garrison rió en voz baja. No habían hecho nada respecto de las ventanas del hotel Nacional. Y la suya estaba en el lugar perfecto. Ninguna barricada del mundo podría detener la bala de su rifle.

—**GARTH ESTÁ MUERTO** –dijo Turner.

Hines lo miró.

—¿Cómo lo sabes?

—Lo oí en la radio. La noticia está por todas partes, por el amor de Dios. Te iría mejor si pudieras hablar el idioma.

—Bueno, ¿qué…?

—Una emboscada rebelde en el este –respondió Turner secamente—. Fracasó. Castro escapó y los rebeldes fueron diezmados. Al día siguiente encontraron a un norteamericano muerto en el medio de todo eso.

—¿Era Garth?

—No han dicho su nombre –dijo Turner—. Pero encaja con la descripción. El tipo mayor, Fenton, estaba con él, según recuerdo. Debe de haber huido.

Hines no dijo nada. Turner dejó que su cigarrillo cayera de los labios al piso del sótano. Lo pisó, con las manos ocupadas en la cubierta de la bomba. Ésa era su función. Preparar la bomba, dejársela lista a Hines. Luego se marcharía, desaparecería en la ciudad y formaría su hogar allí. Le faltaban veinte de los grandes. Si la emboscada hubiera funcionado los habría cobrado, pero ya no importaba; aunque Hines sí tuviera éxito, él saldría de la escena. Era un ciudadano cubano, y eso era todo.

Suspiró, dejó la bomba sobre la mesa.

—Garth está muerto –repitió—. ¿Quieres morir, Jim?

—Maldita sea…

—Porque vas a morir –continuó—. Ganes, pierdas o empates, no saldrás vivo de Cuba. Lo más probable es que no consigas llegar a Castro. La bomba no estallará.

—¿Estás seguro de eso?

—No. Hice lo mejor que pude y debería explotar al menor impacto. Pero yo no sé mucho de bombas. Podría resultar un fiasco.

—O podría desencadenar un terremoto en Chile. No me digas todo lo que podría pasar. Eso no me asusta.

Turner sacó otro cigarrillo y lo encendió.

—De acuerdo –dijo—. Supongamos que tienes suerte y la bomba explota. Supongamos que la lanzas al lugar adecuado y alcanzas a Castro. ¿Luego qué?

—Me rindo. ¿Qué?

—Luego te harán trizas, maldito necio. No podrás huir de la muchedumbre. Te comerán vivo.

—Estás loco.

—Y si escapas, no lograrás salir del país. ¿Piensas que la chica Luchar levantará un dedo por ti? No le importa un cuerno si vives o mueres. Es una fanática y a los fanáticos sólo les importa su causa. Quiere que mates a Castro. No le importa una mierda lo que te pase después.

Hines no dijo nada.

—¿Quieres morir, Jim?

—Vete al demonio, Turner.

—Jim…

Hines se había puesto a su lado. Extendió la mano, cogió el cigarrillo de entre los labios de Turner, lo dejó caer y lo aplastó.

—Debería darte un tortazo –dijo—. Debería darte un mamporro en la boca.

—Adelante.

—Te acobardaste –siguió Hines—. Bien. Eso es asunto tuyo, no mío. Pero yo me equivoqué mucho contigo, Turner. En serio. ¿Recuerdas aquella primera noche? Supuse que eras un tipo con agallas. Pensé, al diablo, he aquí un tipo que ha estado en varios sitios, que conoce cosas. Pensé que eras un hombre de verdad.

—Cambié mucho.

—Sin duda. Tú…

—Aprendí a relajarme. Dejé de sentirme perseguido. Eso cambia las cosas, Jim.

—Te acobardaste.

Turner no respondió. No había esperado poder convencer a Hines, pero valía la pena intentarlo. Tampoco había esperado hacerlo cambiar de idea sobre seguir adelante con la bomba, pero, nuevamente, valía la pena intentarlo. Si Hines lanzaba la bomba lo iban a matar. Y Turner no quería que eso ocurriera. El chico le caía bien.

—Yo no pienso acobardarme –prosiguió Hines—. No me asustas, maldita sea. Me vienes con todas esas tonterías sobre la posibilidad de huir. ¿Crees que no lo sé? ¿Que no lo he pensado cientos de veces? Supongo que tengo una probabilidad en diez de escapar de la plaza. Dios sabe qué probabilidad tengo de salir de Cuba; ni siquiera me he molestado en pensar en esa parte aún. No puedo permitirme pensar más allá del hecho de matar a Castro. No puedo darme ese lujo. Lo que pase después pasará, y eso es todo. Pero no intentes asustarme. No va a dar resultado.

Turner guardó silencio uno o dos minutos. Encendió otro cigarrillo, fumó sin hablar.

Luego dijo:

—No tenía intención de hacerte enfadar, Jim.

—Ya lo sé.

—Intentaba hacerte las cosas más fáciles, no más difíciles.

—Lo sé. –Hines se apartó—. Quieres hacer que me salve a mí mismo. Lo entiendo. Y lamento haberte llamado cobarde. Es una palabra bastante estúpida, ¿verdad? Yo no sé nada sobre el coraje, Turner. Sobre la valentía, heroísmo, todas esas cosas. A veces tengo la sensación de que no existe tal cosa como un hombre valiente. Un tipo hace lo que debe hacer, nada más. Tú has encontrado una salida. Puedes permanecer en Cuba y disfrutar. Sin esa salida serías más valiente que el demonio. Si arrinconas a un tipo, se vuelve valiente. Supongo que es así como funciona.

—Es posible, Jim.

Hines estudió el suelo, transfirió el peso de un pie al otro.

—¿Quieres saber algo? A esta altura ni siquiera estoy seguro de que esté devolviéndole a... a Castro lo que le hizo a Joe. Joe siempre fue mi gran héroe, sabes, y me había hecho la imagen del hermano menor vengándose del hermano mayor. Pero eso ya no encaja en esto.

Turner no habló.

—De modo que no sé por qué quiero matar a Castro. Tal vez porque arruinó la imagen de mi héroe, tal vez por alguna razón retorcida como esa. No lo sé. Es sólo algo que debo hacer.

—Claro.

—Turner... Esa bomba va a explotar, ¿verdad?

—Debería hacerlo.

—Dijiste que tal vez terminara siendo un fiasco. ¿Eso era mentira?

—Probablemente. Debería funcionar. Pero no te quedes a esperar que ocurra, Jim. Lánzala y sal corriendo.

—Lo haré.

Turner se quedó de pie un momento, incómodo. Luego le palmeó el hombro a Hines.

—Suerte –dijo—. Espero que sobrevivas.

—Gracias.

Se volvió rápidamente, subió la escalera de a dos escalones por vez.

La señora Luchar estaba sola en la sala. Le preguntó si quería café.

—No, gracias –respondió él—. Creo que daré a dar un paseo.

—¿Sólo un paseo?

—Un paseo largo –dijo—. Esta noche me alojaré en un hotel. Me encontraré con Hines mañana en la plaza. Es más seguro así.

Los ojos de ella lo analizaron fríamente.

—Siéntate –dijo—. Toma una taza de café antes de irte.

Él tomó café con ella, que le habló de temas triviales hasta que él terminó de beber. Él la observó, la escuchó. Decidió que Jim tenía razón. Era como Madame Defarge en el libro. Debería tejer un chal.

—Castro morirá mañana –dijo ella.

—Así lo espero.

—Mejor que sí –repuso ella.

Con su tono lo acusaba de todo, desde el pecado original hasta la crucifixión de Cristo. Él fingió que no se daba cuenta de lo que implicaban esas palabras, se puso de pie, le agradeció el café, se marchó. El viejo seguía balanceándose en el porche. Turner le sonrió y siguió caminando.

Se registró en un hotel residencial. Llevaba los papeles de ciudadanía en la cartera, y los examinó en la privacidad de su habitación, sonriendo calladamente para sí mismo. Luego salió para encontrarse con Ernesto. Caminaba con tranquilidad, con los brazos balanceándose naturalmente a los lados. Ya era un hombre libre. Estaba a salvo. Mañana Hines viviría o moriría, y mañana Fidel Castro viviría o moriría, pero ninguna de esas vidas o muertes volverían a ser asunto suyo. Él había hecho lo que había podido.

Ahora debía vivir su propia vida.

GARRISON ESTUVO SOLO hasta poco después de las diez. Esta noche, sin embargo, era diferente de todas las otras noches que había pasado solo. Las otras noches se había relajado, había escuchado música, se había tomado las cosas con serenidad. Esta noche estaba tenso. Daba vueltas por la habitación, caminaba de un lado a otro hasta que pensó que iba a deshacer la alfombra o desgastar las suelas de los zapatos. Una y otra vez se acercaba a la ventana para mirar la escalinata del Palacio de Justicia.

Era la noche antes de la misión.

Pero ésa no era razón para estar tenso. Él siempre había sido un tipo muy frío, un hombre que podía tomar una comida copiosa, salir, cometer un asesinato por dinero, luego volver a casa, tomar otra comida fuerte y dormir profundamente diez horas seguidas. El perfecto asesino sin emociones, de nervios de acero. Un profesional, con una actitud seria y una calma inflexible y perpetua.

Y ahora estaba tenso. Tenso, nervioso, irritable. En el pasillo alguien cerró una ventana con fuerza y él casi saltó del borde de la cama. Tenso, nervioso, irritable. Tres o cuatro veces abrió el cajón de la cómoda y sacó la botella de ron ligero, pero cada una de esas veces volvió a guardarla. Beber solo era algo perjudicial en cualquier ocasión, especialmente la noche antes de una misión. Y tampoco necesitaba un trago desesperadamente.

Cuando llegó Estrella, trece minutos después de las dios, él la hizo pasar, cerró la puerta con cerrojo, encontró dos vasos de agua limpios en el baño y llenó un tercio de cada uno con ron ligero. Chocaron los vasos y bebieron. Había una interrogación en los ojos de ella, pero él sólo le sonrió.

Bebieron el ron, vaciaron los vasos, los dejaron. Garrison se acercó a la chica y ella se hundió en sus brazos con entusiasmo, levantando la boca para sus besos, con sus duros pechos empujando el pecho de él. Él la abrazó y la besó. La lengua de ella salió hacia fuera y se hundió en la boca de él. Los brazos de ella lo rodeaban con fuerza.

Él la desvistió y luego se quitó la ropa. Ella se estiró en la cama y él se acostó a su lado. Le acarició los pechos, la besó, y en ese momento le dijo que la amaba. Le sorprendió cómo se sentían esas palabras. Se sentían verdaderas; más aún: tenía que decirlas.

Los pasos preliminares terminaron pronto. La necesidad ya era demasiado grande; no podía esperar a tenerla, no podía besarla y acariciarla, no pudo evitar lanzarse sobre ella y penetrarla; necesitaba la calidad de ese abrazo, la forma en que la pasión de ella se elevaba hasta encontrarse con la suya.

Esta vez fue fundamentalmente diferente. Mucho más intenso, aunque a Garrison eso le parecía imposible. Mucho más necesario, mucho más esencial. Necesitaba tener a esa chica en sus brazos, la necesitaba a su lado, cerca de él.

Fue esa necesidad lo que le aseguró que estaba haciendo lo correcto. La necesidad era algo nuevo. En ningún otro momento, desde los primeros años en Birch Fork, pasando por los años de la guerra y hasta llegar al presente, Garrison había necesitado a alguien. Siempre se las había arreglado por su cuenta, siempre había sido un hombre solitario en un mundo ajeno. Ahora…

No podía dejarla en Cuba.

Después, cuando ella estaba estirada en la cama en el cálido arrebol del amor, él caminó hasta la cómoda, sacó la cartera de uno de los cajones superiores.

—¿Qué haces, Arper?

Sacó los dos billetes de avión y se los pasó.

—¿A Miami? –preguntó ella con una voz incierta, trémula.

—Así es –dijo él—. A Miami. Nos vamos mañana a la noche. Tienes que estar en el aeropuerto a las siete. Nos encontraremos allí.

—¿Mañana?

—Mañana –dijo—. Mañana a la noche –repitió en castellano—. En el aeropuerto. A las siete en punto. ¿Podrás recordarlo?

—Lo recordaré –dijo ella. Sus ojos estaban brillantes, felices—. Te quiero, Arper.

—Sí –dijo él—. Ahora debes irte, cariño. Vístete y regresa adonde demonios vives. Y no vuelvas aquí mañana. Ve directo al aeropuerto. Sé puntual. Por todos los diablos, llega un poco antes, así no corremos el riesgo de que haya algún problema. Te veré allí.

—De acuerdo. Te quiero, Arper.

—¿Entonces por qué diablos lloras?

—Porque soy feliz.

Él se sentó al lado de ella, le besó las lágrimas que caían de sus ojos.

La abrazó, le dio palmaditas. Había adoración en esos ojos.

—Mejor que te vayas –dijo.

—¿No quieres que me quede esta noche?

—Esta noche no –dijo él.

Ella hizo un mohín.

—Tendremos bastantes noches –le dijo—. Iremos a Estados Unidos. Tenemos el resto de nuestra vida, Estrella. Esta noche tengo que estar solo. Y mañana también. Te veré en el aeropuerto.

strella era una mujer que sabía cuando no convenía seguir discutiendo. Lo besó, se vistió, volvió a besarlo, cogió los billetes y se marchó. Cuando ella estuvo al otro lado de la puerta Garrison sintió deseos de seguirla, de decirle que había cambiado de idea y que quería que se quedara. En cambio tomó otro sorbo de ron y volvió a acercarse a la ventana. La cortina estaba baja. La levantó y escudriñó la oscuridad.

Menos de veinte horas. Tenía que matar a Castro antes de las seis. Luego volvería a guardar el arma en el colchón, correría hacia abajo y cogería un taxi hasta el aeropuerto. Estrella estaría allí. El avión los trasladaría a Miami, donde cogerían el dinero de Hiraldo. Serían veinticinco de los grandes como mínimo, puesto que había que redistribuir la parte de Garth. Tal vez más, tal vez treinta y tres, si el socio de Garth también había recibido un balazo.

Eso significaba que no habría más misiones, ya no sería un asesino a sueldo. Con todo ese capital, más los otros miles que tenía depositados en distintos bancos por todo el país, podría abrir alguna clase de negocio, podría dedicarse a una actividad más tranquila que le permitiera retirarse del oficio de apretar el gatillo.

Trató de dormir pero no lo logró. No estaba lo bastante relajado para dormirse; la misión se cernía ante él, preocupándolo, y los ojos seguían abiertos. Se dio por vencido, encendió la luz y empezó a fumar un cigarrillo.

Ojalá la misión ya estuviera cumplida. Ésta lo asustaba, y era la primera que le causaba ese efecto. Había llevado a cabo varias más difíciles, había cumplido contratos para la mafia que hacían que este asesinato en particular pareciera un juego de niños en comparación. Pero ésta era la que lo ponía nervioso.

Él sabía por qué.

En las otras misiones, antes de Estrella, había estado solo, sin raíces, vacío. Ahora tenía algo que perder.

EL SÁBADO A la noche Earl Fenton tomó por asalto la guarnición de San Luis.

Lo hizo solo, porque estaba solo. Había vivido en las montañas dos días; vivía solo, se trasladaba solo, dormía solo. Había vivido con el cáncer en su interior, con el conocimiento seguro de la muerte y también con el recuerdo de la muerte de otros. El recuerdo de la carnicería, de María disparando a Garth en la cabeza, de Manuel gritando antes de que lo castraran, de Jiménez destrozado por una granada, de María debilitándose cada vez más hasta morir en sus brazos.

Se movía en silencio por las colinas. Su subfusil Sten jamás se separaba de sus manos, y llevaba una mochila colgada al hombro con cargadores adicionales para el arma y los alimentos que había podido rescatar del campamento. El dolor del cáncer se había vuelto agudo. La enfermedad se extendía como un fuego arrasador por todo su cuerpo, y había momentos en que tosía descontroladamente mientras flechas de dolor le atravesaban la carne.

El sábado, cerca de la medianoche, lanzó el ataque. San Luis era un pequeño pueblo a unos pocos kilómetros al norte de Santiago. Había un destacamento de soldados apostado allí. Fenton los atacó.

Mató al centinela con un cuchillo. Se acercó al hombre por atrás, sin hacer ruido, y le hundió en la garganta el cuchillo que le había quitado a un cadáver, convirtiendo al centinela en cadáver a su turno. El hombre murió en silencio y Fenton entró sigilosamente en una de las barracas.

Roció el interior con su subfusil Sten. Mató a catorce hombres antes de que ninguno de ellos se despertara del todo. La mayoría murió mientras dormía. Los demás abrieron los ojos un momento y los cerraron para siempre.

Los disparos atrajeron a soldados de las otras barracas. Fenton colocó un nuevo cargador en el Sten y se preparó para el ataque. Se escondió debajo de un catre y lanzó una andanada de fuego para recibir a los soldados que entraron en el lugar. Otro grupo trató de colarse por una ventana y los mató a tiros.

Usaron gas lacrimógeno. Se lanzó corriendo tras el primer proyectil y se los tiró de vuelta, pero el segundo estalló y llenó el pequeño edificio de madera con un humo grueso que le quemaba los ojos. Sabía que no le convenía tratar de resistirse. Abrió la recámara del subfusil y le metió un cargador lleno, el último. Dejó atrás la mochila y salió corriendo del lugar, con el dedo en el gatillo.

No dejó de disparar. Estaba rodeado y le llovían balas desde todos los ángulos, pero él se negaba tozudamente a caer. Disparó todo el cargador a los soldados antes de desplomarse muerto.

Los soldados revisaron las barracas. No podían creer que ese hombrecito hubiera sido el único invasor, pero no había nadie más, excepto sus propios soldados muertos.

Alguien se tomó la molestia de contar las balas que tenía Fenton en el cuerpo. Eran sesenta y tres. Los proyectiles de las ametralladoras casi lo habían partido por la mitad.

Y lo más extraño de todo era que lo que le quedaba de cara parecía estar sonriendo.

HINES SE DESPERTÓ temprano el domingo a la mañana. La habitación estaba oscura porque en el sótano jamás entraba la luz del sol. Encendió una lámpara y se miró el reloj. Aún no eran las siete. Trató de dormir una hora más pero le resultó imposible. Salió de la cama, se lavó, se vistió.

A las ocho en punto la señora Luchar le trajo el desayuno: avena, fruta fresca, galleta y café. Lo dejó y él trató de comer. La comida se le atragantó. Era imposible que tuviera menos hambre que en ese momento.

Cuando ella bajó en busca de la bandeja vio que él no había comido nada.

—¿Algún problema con la comida? –le dijo—. ¿No puedes comer?

—La comida está bien. No tengo hambre.

—¿Estás nervioso?

Él no dijo nada porque no sabía qué responderle. No estaba nervioso, exactamente. No estaba seguro de cómo describir los sentimientos que tenía. Miró el reloj. El tiempo avanzaba con mucha lentitud.

—Deberías comer. Hoy será un día importante. Un asesinato es mucho trabajo y es difícil trabajar con el estómago vacío.

¿Mucho trabajo? Lo único que debía hacer era lanzar una bomba por el aire. Pero por alguna razón las palabras de ella lo intimidaron. Levantó el tenedor y comió un poco. Luego bebió café.

—Un día importante –prosiguió ella—. Y estás haciendo algo por Cuba, no sólo por tu hermano, Hines. Eso también es importante.

Ella se fue, ahorrándole la necesidad de contestarle. Entre ese momento y el mediodía se acercó cuatro veces al banco del carpintero, y cuatro veces levantó la bomba y la sopesó en la mano. Era cilíndrica, más o menos del tamaño y la forma de una lata de cerveza, aunque, desde luego, mucho más pesada. Cada una de esas veces dejaba la bomba en el banco y regresaba al catre.

Ya no pensaba en abandonarlo todo, en huir hacia el consulado suizo a pedir asilo. Estaba comprometido, y retroceder ni siquiera le pasaba por la cabeza. Al mediodía salió de la casa. Aún no era hora; el discurso de Castro estaba programado para las cinco, la hora de las corridas de toros. Hines recordó el poema de García Lorca, ese en el que cada dos líneas se repetía la frase «*a las cinco de la tarde*». Un poema escalofriante, aleccionador, sobre un torero corneado hasta la muerte en la plaza de toros...

Pero no podía quedarse en la casa. Le hizo un saludo con la mano a la señora Luchar y un gesto con la cabeza al viejo que se balanceaba impasiblemente en el porche. Se dirigió a la Plaza de la Revolución, donde hablaría Castro. Ya había gente reuniéndose allí. Tendría que llegar temprano para encontrar una buena ubicación.

¿Pero cuán temprano? Encontró a un cubano que hablaba inglés, le dijo que quería ver a Castro, le preguntó cuánto tiempo antes tenía que estar allí para asegurarse un buen sitio entre la multitud.

El hombre lo miró.

—¿Eres yanqui?

—Sí.

—Eso es bueno –dijo el cubano—. Los yanquis deberían oír hablar a Fidel. Habría menos problemas si los yanquis escucharan a nuestro Fidel.

El hombre le dijo que a las tres de la tarde sería suficiente. Hines le agradeció y salió de la plaza. Se acercó a una pequeña barra de comida al lado del Hotel Nacional y tomó una taza de café. Siguiendo un impulso compró un paquete de cigarrillos y trató de fumar uno. Se asfixió y lo apagó. Dejó el paquete sobre el mostrador.

Volvió a la casa, bajó al sótano. La señora Luchar le trajo una nueva jarra de café y una botella de whisky para echar en el café. Él mezcló mitad de whisky y mitad de café y tomó una buena cantidad. El whisky no pareció hacerle efecto alguno. No se sentía para nada achispado. Pero sí sirvió para contrarrestar el café, que lo ponía sudoroso e irritable cuando bebía demasiado.

A las dos y media se puso una chaqueta holgada y metió la bomba en uno de los bolsillos. Se despidió de la señora Luchar y salió de la casa. Ella le deseó buena suerte y él se lo agradeció. El viejo del porche también dijo «buena suerte», en español, y Hines le sonrió.

Caminó hasta la Plaza de la Revolución, agudamente consciente de la forma en que la bomba abultaba en el bolsillo y esperando en todo momento que alguien se diera cuenta, le palmeara el hombro, lo pusiera bajo arresto. Nadie lo molestó. Siguió hasta la plaza, donde ya había una buena cantidad de gente. Avanzó despacio entre la multitud, hasta asegurarse una posición estratégica perfecta, nada lejos de la escalinata del palacio.

Estaba sudando. No estaba seguro de si era el café, la multitud o el calor lo que lo hacía transpirar, o si era el temor. Pero en realidad por alguna razón no sentía temor. El miedo ya había dejado de tener algo que ver con todo aquello, así como la lógica también había huido del nido poco tiempo atrás. Eran las tres de la tarde. Castro empezaría el discurso en dos horas. Y la escalinata donde se ubicaría estaba a un tiro de piedra.

A un tiro de piedra. O a un tiro de bomba.

TURNER ESTABA SENTADO en un café en la Calle de los Trabajadores. No había televisión en la habitación de su hotel y quería ver el discurso de Castro. Bebía cerveza en botella y miraba la pantalla del televisor del café.

A las cuatro y media terminó una película y el canal empezó a transmitir la cobertura del acto. Faltaba una hora para que llegara Castro, pero las cámaras de televisión enfocaban a la multitud mientras el anunciante mataba el tiempo leyendo boletines informativos en un español rápido.

Hoy, pensó Turner. Hoy, mientras estoy aquí sentado en este café, bebiendo cerveza. Hoy.

Tal vez estaba cometiendo un error. Tal vez debería estar junto a Hines. Tal vez el chico tenía razón al llamarlo cobarde. Tal vez se había acobardado, se había vuelto una gallina.

¿Pero de qué serviría su presencia? Un hombre podía lanzar una bomba igual que dos. Un hombre podía hacer volar por los aires a un dictador igual que dos. Y sin duda un hombre podía morir igual que dos.

Al demonio con todo eso. Él tenía que vivir su propia vida. Y si Jim Hines debía morir su propia muerte, bueno, eso era asunto de él. No de Turner.

Siguió bebiendo la cerveza y mirando la pantalla.

A LAS CINCO menos cuarto Garrison cerró la puerta de su habitación y pasó el cerrojo. Sacó una pequeña navaja y volvió a abrir el colchón, de donde sacó el rifle de alta potencia. La cortina de la ventana estaba cerrada. Abrió el arma, la limpió, la cargó con una sola bala. Cuando a uno le pagan un alto precio por un homicidio, no se necesita más de una bala. En especial con un rifle caro equipado con una mira telescópica y apuntando a un blanco inmóvil. Una bala era suficiente.

Apagó la luz de la habitación. De esa manera había muchas menos probabilidades de llamar la atención a los que estaban en la calle. Luego levantó la cortina unos centímetros y se sentó en una silla junto a la ventana. Castro aún no había llegado pero la plaza ya estaba repleta, llena de una ruidosa masa de gente. Era extraño estar sentado cómodamente, solo, por encima de todas esas personas, y saber algo que ellos no podían saber. Similar a ver una película de la que uno ya conocía el final. Era una sensación especial, una combinación de superioridad y, por alguna extraña razón, de desilusión.

A las cinco menos cinco instaló el rifle. Ubicó una almohada en el alféizar y apoyó el rifle encima. La almohada estabilizaría el arma, absorbería una parte del retroceso, y amortiguaría una parte del ruido. Se puso de rodillas junto a la ventana y aferró el rifle con firmeza. Enfocó la mira en la plataforma del orador, ubicada en la escalinata del Palacio de Justicia.

Castro apareció cuatro minutos más tarde de la hora establecida. Sus soldados abrieron un camino para él entre la multitud y el hombre corpulento y barbudo se dirigió hacia la plataforma. Llevaba su uniforme habitual: botas de soldado, chaqueta militar, pantalones color caqui, una barba tupida y larga. Se subió a la plataforma y recibió un aplauso cerrado.

El aplauso no se detuvo. Garrison observó a Castro, el hombre al que tenía que matar. Primero lo observó por encima del rifle; luego a través de la mira. La cruz de líneas delgadas en la mira telescópica estaba centrada en la cara de Castro, entre la boca carnosa y la nariz aguileña. El dedo de Garrison tocó el gatillo, suavemente.

Aún no, pensó. Tal vez debería esperar una hora. Porque cuanto menos tiempo pasara en Cuba después de apretar ese gatillo, más a salvo estaría. Podían deducir de dónde había salido la bala. Podían perseguirlo, interceptarlo en el aeropuerto…

Se dio cuenta de que había algo más que lo molestaba. Tardó un rato en deducir qué era.

No quería matar a Castro.

Cuando miró a su víctima a través de la mira, cuando vio esa cruz de líneas delgadas que señalaba el blanco de la bala, supo de pronto que no quería matar a ese hombre. No se parecía en nada a ninguno de sus otros blancos, y tampoco podía albergar la esperanza de que luego escaparía con la misma facilidad. Podían atraparlo, allí o en el aeropuerto, y si lo atrapaban en el aeropuerto también se llevarían a Estrella.

No quería pensar en lo que le harían a ella.

Antes, podría haber corrido el riesgo. Antes, cuando sólo era él. Ahora no quería.

Pero debía hacerlo; era su trabajo, ¿no?

Ya no. Iba a renunciar. Los cubanos –Hiraldo y sus hombres— no pertenecían al crimen organizado. Podía mandar al demonio la misión sin preocuparse de que hubiera represalias. No lo matarían por ello, como sí lo habrían hecho los de la mafia.

Pero el dinero. Lo necesitaba, ¿cierto?

No, pensó. En realidad no. Tenía unos siete u ocho de los grandes guardados en diversos lugares de Estados Unidos. Con esa cantidad uno podía arreglárselas bastante bien, vendiendo rifles y escopetas y cartuchos en una ciudad de tamaño medio. No era un mal negocio y él lo conocía a la perfección. Tal vez podría ganar algunos dólares más dando clases de tiro u organizando expediciones de cacería. Y también podía poner una armería, reparar armas. Conocía el oficio y no se necesitaba más dinero del que ya disponía para empezar. Y Estrella podía ayudarlo en la tienda hasta que la cosa empezara a marchar. Y algún día sus hijos podían entrar en el negocio.

Volvió a poner el ojo en la mira. Castro estaba hablando. Vio los músculos tensos en el grueso cuello, oyó la voz retumbante. La multitud estaba en silencio. Todos escuchaban a ese hombre, a Fidel Castro. Todos oían su voz y estaban pendientes de sus palabras.

Estrella estaría en el aeropuerto a las siete. Cogerían un avión a Miami. Luego podían vaciar las cuentas bancarias, buscar un lugar. Quizás algún pueblo mediano en Washington, o quizás en Oregón. Era una buena zona. Su zona, donde él había nacido.

Pero veinte de los grandes…

Miró a Castro. Su dedo encontró automáticamente el gatillo, lo acarició.

No.

No, porque ahora tenía demasiado que perder. Sacó el rifle de su posición y lo volvió a esconder en el colchón cortado. Puso sábanas y mantas sobre la cama y las encajó por debajo. Sacó la almohada del alféizar y la regresó a la cama, cerró la ventana, bajó la cortina. Ahora registraría su salida del hotel. O mejor aún, se marcharía. Si registraba la salida podrían deshacer la cama y encontrar el rifle. Si se marchaba estaría en Miami antes de que una camarera examinara la habitación. Podían quedarse con el equipaje como pago por la cuenta que no saldaría. Todo excepto el tomo de Rimbaud. Cogió el libro y se lo guardó en un bolsillo. Trataría de leerle Rimbaud a Estrella. Tal vez a ella le gustaran los poemas.

Estaba a mitad de camino de la puerta cuando explotó la bomba.

El ruido fue tremendo. Garrison giró sobre sus pasos, corrió hacia la ventana. Levantó la cortina y miró hacia fuera.

Castro estaba muerto. Eso fue lo primero que vio: a Fidel Castro, las piernas destrozadas, la sangre manando libremente. Castro, despatarrado sin piernas sobre la destruida plataforma del orador. Otros hombres, cerca de él, gritando, heridos, agonizando.

Luego Garrison buscó al responsable. Toda la multitud era presa de la agitación: había mujeres chillando, niños llorando, hombres gritando. Los oficiales de policía disparaban sus armas al aire. En cualquier momento se generaría un motín.

Y entonces vio al que había lanzado la bomba. Era un chico, ni siquiera lo bastante mayor como para afeitarse. En ese momento lo reconoció. Era Hines, uno de los otros cuatro participantes de la confabulación de Hiraldo en Tampa. Hines lo había hecho: había tirado la bomba y había matado a Castro.

Garrison se quedó viendo cómo Hines recibía su castigo.

Fue un castigo espantoso. La multitud se le echó encima. Lo agarraron, lo patearon. Garrison miró en silencio mientras la muchedumbre mataba a Hines a golpes ante sus propios ojos. Cuando la policía consiguió abrirse paso entre la gente, Hines estaba muerto. Yacía en el suelo. Desgarrado, muerto.

Garrison se quedó sentado un momento. Fumó un cigarrillo, lo aplastó en el cenicero. Luego dejó la habitación y el hotel.

El dinero lo esperaba en Miami. Pero supo instintivamente que jamás lo tocaría. No había hecho nada para ganarlo. Cualquiera fuera la fracción de los cien mil que le correspondía, no la necesitaba. Se arreglaría con lo que había ganado por su cuenta.

Camino en medio de los disturbios que había en el hotel, se abrió paso entre los gritos angustiados de la multitud. A tres manzanas encontró un taxi y le indicó al chofer que lo llevara al aeropuerto.

¿Estrella estaría allí? ¿Se habría enterado de la noticia y habría huido a cualquiera fuera el oscuro rincón de la ciudad que consideraba su hogar? ¿O estaría esperándolo lealmente, con los ojos delatando su nerviosismo, atrayendo la atención de los policías del aeropuerto que estuvieran cerca?

¿Permitirían la salida de algún vuelo, o mantendrían en tierra a todos los aviones, para que unos policías armados examinaran a todos los pasajeros y los sometieran a interrogatorios ante cualquier señal de preocupación o de culpabilidad?

El aeropuerto se volvió más grande en el parabrisas del taxi.

Garrison nunca se había sentido nervioso antes, en ninguna de sus misiones. Había matado a muchos hombres, y las manos jamás le habían temblado, ni antes ni después. Ahora no había hecho nada, no había matado a nadie; aún así, tenía las palmas transpiradas.

Estrella estaría allí, se dijo para sí.

Estaría allí, y él se la llevaría consigo.

Abrió la puerta.

LAWRENCE BLOCK

Lawrence Block ha escrito el misterio y la ficción más vendido suspenso durante medio siglo. Un receptor múltiples del premios Edgar y Shamus, que ha sido designado como un Gran Maestro por los Escritores de Misterio de América, y recibió la Daga del diamante a la Trayectoria de la Delincuencia del Reino Unido, la Asociación de Escritores. Sus novelas más recientes son una gota de la materia dura, con Mateo Scudder, y bajar, protagonizada por una joven muy travieso. Varios de sus libros han sido filmadas, aunque no demasiado bien. Es bien conocido por sus libros para escritores, entre ellos el clásico contando mentiras por Fun & Profit, y la Biblia del mentiroso. Además de las obras en prosa, ha escrito series de televisión (Tilt!) y la película de Wong Kar-wai, My Blueberry Nights. Es un tipo modesto y humilde, a pesar de que nunca podrías imaginar que mucho de esta nota biográfica.

"Matando un Castro" fue publicado originalmente bajo un seudónimo en 1961 como "Fidel Castro, asesinado", y la autoría de Lawrence Block se mantuvo en secreto hasta Hard Case Crime publicó el libro como "Matar a Castro" en 2009. Fue un éxito inmediato, y ahora por primera vez disponible en el idioma español.

EMAIL: lawbloc@gmail.com
BLOG: http://lawrenceblock.wordpress.com
FACEBOOK: http://www.facebook.com/lawrence.block
WEBSITE: http://www.lawrenceblock.com
TWITTER: @LawrenceBlock